改訂版

光のシャワー　ヒーリングの扉を開く

バーバラ・アン・ブレナン博士に出会って

池田邦吉

明窓出版

洗　心

宇宙創造神の御教え

常の心

「強く正しく明るく、我を折り、宜《よろ》しからぬ欲を捨て、皆仲良く相和して、感謝の生活をなせ」

御法度の心

「憎しみ、嫉《ねた》み、猜《そね》み、羨《うらや》み、呪い、怒り、不平、不満、疑い、迷い、心配ごころ、咎《とが》めの心、いらいらする心、せかせかする心を起こしてはならぬ」

上記の御教え「常の心」と「御法度の心」を守ることを「洗心」といいます。

ザ・コスモロジー月刊誌『宇宙の理』３頁より

謝辞　バーバラ・アン・ブレナン博士へ

世界一のヒーラーにして物理学者、かつ神学者たるバーバラ・アン・ブレナン博士に出会えたことだけで幸せでありますのに、予想だにしていなかったヒーリングを由美に施していただき、ただただ有り難く、感謝に耐えません。

お陰をもちまして、由美の脳脊髄液減少症はその後回復に向かい、11年以上にわたった苦しみから解放されつつあります。博士がお書きになり、翻訳された『光の手』『癒しの光』両著は私にとってもすばらしく役に立っているところです。

奇跡と思える博士のヒーリング・テクニックを一人でも多くの人々に知っていただき、こうした技術が世の役に立ってほしいと思ってこの本を書きました。

脳脊髄液減少症の患者は日本で現在三十万人は居ると推計され、治療の過程で苦しんでいると言われています。一方、バーバラ・ブレナン・スクール・オブ・ヒーリング（BBSH）の日本人卒業生は現在八十人もの多さに達しているとそのデーターにあります。こうした人々の活躍が期待されます。

'08年6月始めに。池田邦吉　記。

はじめに

この本には超能力を発揮するための訓練方法やノウハウについて書いてない。その方法については『あしたの世界Ｐ（パート）３』の第十章で「超能力の開顕」という節にすでに詳述している。

人は本来、すばらしい能力を豊かに持って生まれていると私は思う。それは五感を超えた能力のことで、人はそれを超能力とか高能力、あるいは霊能力と呼ぶ。しかしながら超能力をあからさまに使った言動は人々にとって奇異に見えるようであり、場合によっては「精神疾患者」として病院行きを勧められることになる。そこで私は「秘めたる力」として自分の中、心の奥深くにしまい込んできた。つまり普通の人として振る舞ってきた。ところが自分にとって不自然な抑圧は体に変調を生み出してしまう。いつしか私は超能力を普段の生活の中に生かし、毎日を愉しく生きていけないものだろうかと考えるようになった。

ある日、新宿の本屋で『超能力』という本を買って夢中で読んだことがある。この本は光文社のカッパブックスシリーズという新書版で著者は故関英男博士である。この本を読み終わるとすぐに関博士に出会うことになり、さらに関先生が経営しておられた加速学園に通うことになった。その初日、1995年の3月第一週の水曜日に加速学園に行くと、関先生はその教室で生徒さんを前に『宇宙学』なる話をテキストに従って朗読していた。後にそのテキストの一部に「超能力の開顕」という項目があることを発見した。〝洗心〟すると超能力が開くという。超能力は脳細胞にあるのではなく、人の精神力、意識の中にこそあるとわかった。

加速学園に通うようになって一年後、関先生から『わが深宇宙探訪記』という三冊の本をプレゼントされた。著者はオスカー・マゴッチというカナダ人である。その本を読み終わって暫くすると次にオスカー・マゴッチと会うことになった。'97年の4月に彼に会うと、その場で、私も深宇宙に旅した仲間だったことが確認できた。この宇宙旅行は1975年の夏の出来事であったが、そこに参加したメンバーをオデッセイ・メンバーという。私もそのオデッセイ・メンバーの一人である。

地球の重力圏から抜け出して、宇宙空間に行くと、地上で言うところの〝超能力〟は極くあたり前のことになる。又、時間や空間は地球で定義されているようには機能していないこともわかる。それだけでなく「地球の常識は宇宙の非常識」であることがすぐわかる。

かねて私は、本を読み終わるとその本の著者に出会い、そこから自分の人生が大きく変化し始め、常々の生活スタイルも変わっていくということがたびたび起こる。それは「何者か」に導かれているようにも思える。

'99年当時『セスは語る　魂が永遠であるということを』という非常にぶ厚い本を加速学園で教材として使っていた。この本はナチュラルスピリット社という、当時は非常に小さな出版社から出された。その本の中に「人の意識は魂の一部分であり、かつ、エネルギーである」ということが詳述されている。このことがきっかけになって私は意識エネルギーの勉強に入ることができた。セスの本を読みこなすこと二年、出版されてからちょうど二年目の2001年6月に自然発生的にヒーリング・パワーを発揮せざるを得ない場面にぶつかってしまった。ヒーリング・パワーとは、病気や怪我を治療するのに大変有効なヒューマン・エネルギーのことで、ある意味においては超能力の一種である。

セスは人間ではなく、エネルギーだけの存在であるために、本人に直接出会うということはない。ところがセスと私の魂とはそのエネルギーレベルで出会ったのである。それゆえに、セスのある一場面を絵にすることができて、その絵を『あしたの世界』シリーズのカバー表紙に使用した。

今年正月に河出書房新社刊『光の手　上下』『癒しの光　上下』の合計四冊に及ぶ、ぶ厚い本を読み始めた。この本にはヒーリング・パワーについての科学的体系が書かれているが、どうしてもこの本を読まざるを得ない状況が自分の中に生まれていた。著者はバーバラ・アン・ブレナン博士で、ＮＡＳＡにおける初めての女性物理学者であった。本を読み終わるのとほぼ同時にブレナン博士に出会った。場所は東京の講演会場で、講演の主宰者は博士その人であった。そこで私は初めてバーバラ・アン・ブレナン博士に出会い、そして「奇跡」を見たのである。

'08年4月10日記　池田邦吉

◎改訂版　光のシャワー　ヒーリングの扉を開く
～アン・バーバラ・ブレナン博士に出会って・目次◎

第三章　ヒーリングパワー

第四章　専業主夫

第一章　奇跡

一ノ一　風

一陣の風が一行十人の横をサーッと通り過ぎていった。その風の先端に真っ白いオーバー・コートと真っ白な帽子姿の背の高い、まるでトップモデルのような若々しい外国人女性が颯爽《さっそう》と歩いていた。彼女は講演準備に忙しく立ち働くスタッフの間を、すーっと通り抜けてメイン会場に消えていった。その人が誰であるかをスタッフは皆知っている様子だが、我々ははっきりとは確認できていなかった。

講演会場は東京の江東区有明にある東京ファッション・タウンという名のビル内大会議場である。このビルの名は略してTFTビルという。

その日、2008年3月19日、水曜日。私と、旧姓末廣由美の他に五人の友人たちは私の宿泊先であった銀座のホテルロビーに集まった。末廣由美は'06年5月に明窓出版から発刊された『あしたの世界P（パート）4』に登場している人物である。現在は私と結婚して池田由美となっている。彼女は交通事故の後遺症で「脳脊髄液減少症」に苦しんでいた。これは頭蓋骨の中で脳を浮かべている脳液が漏れ出し、脳が正常な位置から下がってしまうことにより体全体が不調になってしまう症状である。彼女はおおよそ人間としての機能を失っていた。'08年3月19日は由美が交通事故に遭った日から数えて12年4ヶ月と13日目を向かえていた。私は由美の体調を考えて前日の18日に東京入りし、2時間の講演時間と会場への移動に耐えられるよう、間に十分休ませることにした。

私は'06年6月1日、30年間住んだ埼玉県狭山市に別れを告げ、北九州市小倉南区に単身引っ越した。目的はたった一つ、由美の介護である。この年私は、今時珍しくもなくなった熟年離婚をし、独身に戻っていた。還暦がすぐ目の前に迫っていた。

東京で生まれ育った私には、友人たちの多くが東京を中心に居住しているのでたまに小倉から上京すると、彼らと会うのに忙しくなる。3月19日に銀座に集まった旧友たちは五人であったが、中に一人だけ北海道から来た友人がいた。彼は拙著の読者で、職業は翻訳家で通訳もしていた。

昨年6月末に北海道で小さな講演会があり、その講演会に参加していた一人がその人だった。この時彼は腎臓《じんぞう》病で勤め先を辞めていた。この時の話は後ほど特記することになるが、3月19日はそれ以来の再会で、元気いっぱいの彼を見てびっくりした。

雨がロビーの巨大なガラスを叩きつけ、晴れていればそこから見えるはずのレインボーブリッジやお台場の風景を隠していた。一行七人は早目にホテルを出発し、会場へ向かうことにした。外に出ると杉花粉や自動車の排ガスは雨に流され、空気は呼吸し易くなっていた。ほんの少し小降りになってきた雨の中を急いでモノレール駅へと向かった。「ゆりかもめ」の改札口でもう一人の読者と合流して、一行は八人になった。彼女は整水器のグラスコールを販売している会社の社長さんで『あしたの世界P３とP４』に登場している人物である。故関英男博士が経営していた「加速学園」の生徒さんでもあるが、その学園の仲間が他にも二人、この八人のメンバーの中に居た。

ゆりかもめで国際展示場正門駅へ着くと、会場のビルは駅に直結していて無駄な時間を浪費せずに済んだ。雨がまだ降り続いていたので受付時間には早すぎたが、中に入って待機することにした。そこへ私の読者が二人到着して、一行は十人になった。会場一番乗りである。エントランスホールで合流した二人のうち一人は私の遠戚に当たる御婦人で、この方の息子さんのアトピーをヒーリングパワーで治したことがあった。

真っ白いコートの外国人女性が会議場に入ってからしばらくして、受け付けが始まった。予定より15分も早くなっている。おそらく、我々のグループも含めてたくさんの人々が列を作ってしまったからであろう。所定の受付手続きをして急ぎ会場に入った。五百人は収容できそうな会場では、まだ係員たちが折りたたみ式の椅子を並べている真っ最中であった。講師が立つ壇上では真っ赤なブレザーに真っ白なズボンの、先ほどの白人女性が何か忙しそうに点検していた。真っ白なコートと帽子はすでに無く、すばらしい金髪がアップにまとめられていた。

一行十人は最前列と、その周辺の席を確保することに成功した。そこへもう一人仲間が到着して、グループは十一人になった。その人は藤田なほみさんという女性で、昨年の秋に明窓出版から『光のラブソング』というアメリカの本を翻訳して出版した人である。この本の著者はメアリー・スパロウダンサーという、ちょっと風変わりな名前のアメリカ人である。そのスパロウダンサーはフロリダに住んでいる。

藤田なほみさんとはこの日が初対面であった。なほみさんが到着して、予めこの講演会で会うことを約束していた全員がそろった。そこへもう一人男性の旧友が会場に入ってきて、私と目が合った。彼は大手町で現役の会社員であったが、この日は何とか都合をつけてここへ駆け付けることができたようだ。私は右手を高々と上げて前の席へ来るように合図した。予め確保していた席数は12だったのである。演台の最奥には七色に輝く布地が張られていた。高さは2メートルほどもあるだろうか。巾が50センチから60センチほどの様々な色をした布地が一枚の大きな布に縫い合わされている。左から赤、オレンジ、黄色、緑、青、藍、そして一番右の布地は白である。それらはそれぞれ人のチャクラの色を示している。赤は第一チャクラ、オレンジは第二チャクラ、黄色は第三チャクラの太陽神経叢《そう》を示し、緑はハートチャクラたる第四チャクラの色である。青は第五チャクラ、藍は第三の目たる額の第六チャクラを示し、最後の白は頭頂の第七チャクラの色である。私には見えないチャクラの形や色がバーバラ・アン・ブレナン博士には見えているようだ。そのことは河出書房新社から出版された『光の手　上・下』と『癒しの光　上・下』に詳しく書かれている。私は正月以来、この会場に来る前日までずっとこの四冊の本を読み続けていた。総計１３６０頁を超える大著である。

演台の様々な機能をチェックし終わったらしく、赤いブレザーの外国人女性が演台を下り、左側の壁下にある机へと向かった。途中、我々のグループのすぐ前をスタスタと横切った。その時顔がよく見えて、その人がバーバラ・アン・ブレナン博士だと私は確信した。受付でパンフレットを手にした時に、そのパンフレットに博士の写真が載っていたが、その写真の通りだった。つまり今日の講演の講師である。博士は机の上に置かれているノート型パソコンに向かって何やら操作している。てきぱきとした行動と、よく働くその姿に感心した。そして想像以上に若々しいことにもびっくりした。『光の手』は日本では１９９５年に出版されたが、原著は１９８７年に自費出版されており、その時からすでに21年という歳月が流れている。日本語版のカバー折り返しには当時の写真が載っている。その写真は少なく見ても50代半ばと思われるが、その後の年数を単純に足し算すると現在の年齢は？？？　しかし、目の前にいる博士は40代後半に見える。以前よりずっと若返っているということになる。それはきっと彼女の超能力によるものに違いない。

この人は超能力で人生を百倍楽しんでいる人だと思った。

会場にたくさんの人々が入ってきて、椅子がどんどん増やされている。聞く側の私も２時間の講演に耐えられるよう準備をしておこうと思って立ち上がった。

一ノ二　サイン会

ロビーに出ると、その一角で本やさまざまな資料を販売しているコーナーがあることに気付いた。早めにメイン会場に入ってしまったので最初は気がつかなかった。机に並んでいる本の中に『光の手』と『癒しの光』の原著が平積みになっている。一瞬買うべきかどうか迷った。日本語版ですでに読んでいるし、原著を読める語学力は無い。Ａ４版でぶ厚く、ずっしりと重い。考えたあげく、結局買うことにした。今日の記念ということにしよう、もうバーバラ博士に会うことはないだろうからというのがその理由だった。『光の手』も『癒しの光』も原著は一冊づつになっていて、日本語版はこれをそれぞれ上下二冊計四冊に編集しなおしていたということがわかった。私が原著を買っている間に由美はCDを数枚買っていた。こういう時の彼女の判断力はすばらしくて、帰宅後にこのCDが大いに役に立つことになる。

重い二冊の本を抱えるように両手に持って席に戻った。十人の友人たちは互いに隣り同士でにぎやかに談笑していた。そこに演台を背にして皆に向かい、二冊の本を見せながら、

「原著買っちゃった！　読めもしないのにネー」と言った。

どっと喚声があがった。そこで本の中にあるカラーイラストの頁を開いて友人たちに見せた。その時、私の背後に暖かくも親愛の情にあふれた気配を感じた。振り向くと真っ赤なブレザーがあり、その顔と私の顔とがぶつかりそうになった。

「サインしましょうか」と英語で語りかけてきた。

その声は優しく細く小さく高い音域であるが、しかし、しっかりと私に届いた。先ほどまで精力的に会場を動き廻っていた姿からイメージできる声とは正反対の声だった。

「サンキュー、ベリーマッチ」と答えながら、私はかがみ込んで紙袋の中から一冊の本を取

り出した。それは船井幸雄先生との共著『あしたの世界』シリーズの最初の本だった。そこには予め「バーバラ・アン・ブレナン様へ」と英語でサインしてあった。ここへ来る前に北海道の通訳さんとホテルで打ち合わせしていた時、もし機会があればこの本をブレナン博士にプレゼントしたいことを通訳さんに言った。博士は日本語の本に興味を示さないと思われたが、その本にカバーとしてデザインされているのがセスの姿で、本文中には創造主の姿を載せてある。一方、博士の本にもセスの話が載っており、又、創造主の話がしきりに出てくる。博士と私との接点がそこらにありそうだと、通訳さんに話しておいたのである。その「もし……」が今、現実の出来事になりつつあった。私は立ち上がって、サインしてあるページを博士に見せながら、その本を彼女にプレゼントした。通訳さんが私とブレナン博士のすぐ脇にすばやく来て通訳をしてくれた。本をプレゼントする主旨について、セスや創造主のことについて、さらに私が彼の腎臓病を治したことを手短かに、しかし的確に英語で話した。ブレナン博士は私の本の162頁にある創造主の絵をじーっと見つめていた。その目は普通の目ではなく、別の目によってながめているように思えた。やがて博士は軽くうなずいて、私の本を自身の胸に抱いた。

「私にとって大事な本なんですネ」と一言発した。

私は自分が座っている席を博士にゆずった。そしてボールペンを手渡した。博士は今しがた私がロビーで買った原著の数頁をめくって、ゆっくりと、何かをイメージしながらペンを走らせた。私と博士の周囲を友人たちが取り囲んで、その様子をじーっと見つめていた。図らずも博士の隣りに位置することになった由美が大喜びで喚声をあげている。私の本にサインをし終わると博士は、

「次は」と言って周囲を見廻した。

何ともサービス精神旺盛な博士である。しかもサインするのがうれしくてたまらない様子である。そういう方であることをスタッフも皆知っているようで、開演の時間が迫っているにもかかわらず誰も止めに入らない。私の友人たちが一斉に持参した本を差し出した。博士の隣りで由美が交通整理を始めた。一人ひとりの名をローマ字に変換しながら一字一字を発音している。なんと！　サイン会が始まってしまった。私は思わず、

「サイン会が始まっちゃったよー」と叫んだ。すると傍らの数人が即座に立ち上がり、本を持って急いで前の方の席へと歩いてきた。何人かはロビーへと向かった。

一通りのサインが終わると博士は隣りの由美に話かけた。由美が、

「北九州からよ」と言った。博士は怪訝な顔をして、うしろに控えていた通訳さんを見た。

通訳さんが英語で何事かを説明し始めた。聞いていると、どうやら博士は北海道は知っていたが九州の位置がわからないらしかった。由美の容態を知っていた通訳さんは、博士に由美の交通事故による後遺症のことを話した。すると、由美は左耳の手術跡を、

「ここよ」と言って博士に見せた。

すかさず博士の右手と左手が由美の頭部に触れた。博士が大きな声で何か叫んだが、意味はわからなかった。

一ノ三　脳脊髄液減少症が治った

折りたたみのイスに座ったままの姿勢で、バーバラ博士は突然ヒーリングを始めた。

1982年にバーバラ・ブレナン・スクール・オブ・ヒーリング（BBSH）をアメリカで創設以来、博士はスクールでの教鞭や執筆活動に専念している為、個人的なヒーリングのセッションや相談はいかなる場合でも一切行っていない。そのことは『癒しの光』の中やBSHの日本校案内にも書かれている。

このことを知っていた私にとって、ブレナン博士自らが今まさに由美の脳脊髄液減少症についてヒーリングを始めたことは「晴天の霹靂」であり驚天動地のできごとであった。

私は自分の腕時計をちらっと見た。開演まであと20分。由美の重傷度を考えると、ヒーリングの時間は余りにも少なすぎると思えた。開演に向かって進行係がイライラしてないか、はたして時間通りに講演が始められるか、たくさんの参加者を待たせはしないか、そんな心配事がいっぺんに頭の中をかけめぐった。しかし、博士が懸命に由美の頭部を癒そうとしているその姿を見て、私の理性はすっとんだ。

サイン会を終えた人々が自分の椅子に戻っていた。その人々に大きな声で私は叫んだ。

「おおい、バーバラ博士のヒーリングが始まったぞー」と。

再び、友人たちはバーバラ博士と由美の周辺をとり囲んだ。ものすごい熱気があたり一面を包み込んだ。まるで真冬にダルマストーブに当たっているような熱気だ。その熱気は博士が着ている真っ赤なブレザーから360度、全空間に向かって発せられているように感じられる。宇宙エネルギーが博士の体に集まり、ヒーリングパワーと化している。何とすばらしい変電機だろうか。由美の左側に座っている拙著の読者さんは熱に耐えられず、上着をとってハンカチを取り出した。博士と由美の真後ろに陣取っている通訳さんは身を乗り出して、懸命に通訳をしている。

ＢＢＳＨＪの専属カメラマンだろうか、私のすぐ横にきてフロアーに座り、できるだけ低い位置で巨大な一眼レフを構えた。そして連続速写を始めた。デジカメにちがいない。フィルムをまき取る独特の音がない。

由美の額に手を翳している博士の指先から銀色に光る糸が繰り出されている。まるで裁縫をしているような手の動きだ。それは由美の右側こめかみの最も右から始まり、次に左こめかみに移り、そのまま左耳へ至り、耳を越えて頭部うしろに至った。何と、博士は由美の頭蓋骨、ひび割れている全ての部分を縫い合わせたのである。それもヒーリングパワーの糸によって……。私はびっくり仰天した。そんなヒーリングの方法はこの３年３ヶ月の間、まったく思いもよらなかったのである。

それにしても、何ということだろう。博士は由美の頭蓋骨の全てを見透かしているのである。髄液の漏れが止まった……、と私は感じた。感動を通り越して、博士への畏敬の念でいっぱいになった。「すごい、この人は私が３年３ヶ月かかっても出来なかったことを、ほんの数分でやり遂げてしまった」と。

これで終わった！　と思った。次の瞬間、博士の手の位置が変わった。由美の額中央に手を翳している。博士の右手が由美から20センチほど離れた位置に置かれ、博士の左手は由美の後頭部から真後ろの20センチほどの空中にあった。突然、博士の呼吸が変わった。激しく、しゅー、しゅーと息をし始めた。それに伴なって全身が激しく振動し始めた。

『光の手　下巻』の74頁以下に次の記述がある。

初めに下腹に空気を一杯に満たし、次に胸の中心、次に胸の上部を一杯にしていく。そして、口をできる限り大きくあける。舌を巻いて喉の後ろへ向けたまま、軟口蓋のそばの喉の後ろの上部に空気がこすれながら逃げていけるようにする。できる限り遠く後ろまでこすれるようにしてみよう。こすれる音がシュウシュウと澄んだ音になるようにする。このとき頭を後ろへ反らさないように。背筋はまっすぐに伸ばしたまま。――以下略――

この文章の初めに「第三の目のスキャナーを開くための瞑想」とある。

今や博士は「第三の目」によって由美の何かを見ているようだ。熱がさらに周辺の空気を熱くしている。博士の左右の手が円錐形のジョウゴをつかんでいるように見えた。次の瞬間、左手で由美の額のジョウゴをつかみ、右手の人差し指でジョウゴの中の一つのうずを右回転させながら元の位置に戻しはじめた。交通事故に遭ったときに由美の額のチャクラが壊れたようだ。私はそのことにまったく気付かずにこの時を迎えていた。

由美の額のチャクラを修理し終わった博士は、今度は右手にチャクラを持ち変え、左手はまた後頭部のチャクラをつかんだ。そして両方の手を押したり、引いたりしながら、元のチャクラの正しい位置に二つのチャクラを置き直したのである。博士の手は次々に下のチャクラを点検し始めた。そして全てのチャクラの位置を修正し終わると、最後に由美の体から70～80センチほど離れている空間に両手を置いて全身をなでるが如くに手をかざした。

博士が椅子から立ち上がった。ヒーリングが終わったのである。私はもう一度自分の腕時計を見た。開演5分前であった。

「間に合った」と思った。

「ギャラは、ギャラはいくらかと聞いてくれ!」と私は大声をあげた。通訳さんがすぐに通訳してくれたが博士は両手を大きく広げて、

「オー・ノー」と言った。

私の右手は自分の財布から一万円札の束を引き抜こうとしていた。しかし、博士の声は私の手を止めさせた。カメラマンが床からヨロヨロと立ち上がり、博士のヒーリングを見学していた人々は汗をふきふき各自の席へゆっくり戻り始めた。私は深々と博士に一礼して今しがた博士が座っていた椅子に座った。

「椅子が激しく振動している」と感じた。全身がゆれるような気分で座っていられなくなった。横の由美に椅子を変わってくれるように言って、座る位置を替えた。由美が座っていた椅子に私が座り直した。すると気分は元に戻った。由美は何事もなかったように博士が座っていた椅子に座った。

「気分はどうだ」と由美に聞いた。

「大手術が終わったときのような感じ。でも、痛くなかったわ。脳液の漏れがなくなったわ」とうれしそうに言った。

その時、後の席に座っていた元加速学園メンバーが私に話しかけてきた。

「熱くて熱くて、すごいパワーですね。でも私の右腕がどういう訳か動かなくなっちゃったの」と言う。私はすぐ私の右手を広げて彼女に入ってしまった余分なヒーリングパワーを抜き取り、自分の右手を床から天井へとはね上げた。

「ただ今より、バーバラ・アン・ブレナン博士の講演を始めます。おそらく、世界一と言っても良いでしょう。博士の今年初めての日本に於ける講演です。——後略——」

巨大なスクリーンに博士の経歴が写し出された。それは日本語で書かれていた。私はイヤホーンがちゃんと自分の耳に正しく置かれているかチェックした。同時通訳が始まるからである。

博士は右手にペンライトを持っている。

「おはようございます皆様」とバーバラ博士の第一声である。

「あっ、間違えちゃった。こういうときはこんばんはって言わなくちゃいけなかったのネ」と言いなおした。場内、どっと沸いて緊張感が解けた。

「先週はドイツに居たの」と言う。そして自己紹介が始まった。まるで天使のような清々しい高い声である。こうして、まぎれもない「世界一のヒーラー」の話が始まった。

一ノ四　バーバラ・アン・ブレナン博士

ペンライトの光をスクリーンに当てながら、ブレナン博士の自己紹介が始まった。

「私はウィスコンシン州立大学で物理学を専攻しました。さらに修士課程に進み、そこでは大気物理学修士を得ました。その後ＮＡＳＡに入りました。ＮＡＳＡでは5年間気象を研究しました。」

すらすらと進んでいく講義であるが文献によると、バーバラ博士はＮＡＳＡ初の女性物理学者である。ＮＡＳＡではニンバス気象衛星の設計に携わった。

それと、経歴を言う時には通常、出身地や生年月日を言うものであるが、スクリーンにはそれが書かれていなかった。御自身の本やプリントによると、2月19日が誕生日である。しかし、生まれた年がどこにも書かれていない。まさに触れられたくないという意志表示だ。

出身地はウィスコンシン州である。あの大平原の大農業地帯だ。ちょうど北海道の札幌から旭川にかけての光景をイメージするとピッタリである。この州の東側は五大湖の一つ、ミシガン湖に面している。非常に巨大な湖で、まるで海のように対岸が見えない。ミシガン湖の南にシカゴがある。そのシカゴはイリノイ州であるがウィスコンシン州が近い。ウィスコンシンの東北側は五大湖の一つ、スペリオル湖に面している。北はカナダとの国境で、西はノースダコタとサウスダコタとの州境を形成している。日本で大変有名なアメリカの建築家フランク・ロイド・ライトがこのウィスコンシン州で生まれた。シカゴから飛行機で州境を越え、離陸からほんの数十分でマディソンという小さな町に到着する。そのマディソンの飛行場のロビーにフランク・ロイド・ライトの銅像が置かれている。町の名士なのである。そこから郊外まで、行けども行けども平原で小さな山さえ見えない。札幌や旭川からはいつも遠くに山が見えているので、ウィスコンシン州の平野は言葉で表現できないくらい広い。農家がポツンポツンと見えるが、隣りの家に歩いていくというのは、小さな子にとっては不可能に近いであろう。バーバラ博士の子どもの頃はどんなであったか日本語版『光の手　上巻』の20頁以下に次の記述がある。

ウィスコンシンの農場で育ち、近くに遊び相手が少なかったので、一人で過ごすことが多かった。森の中でじっと座って小さな動物たちが近づいてくるのを待ちながら、何時間も過ごしたものだった。森にとけ込む練習もした。静寂の時間と待つことの大切さがわかり始めたのは、それから間もなくだった。私は森の中の静かな時間の中で、拡大された意識に入っていった。その中で通常の人間の感覚を超えて認識できるようになった。目で見なくても小さな動物の居場所がわかったのを覚えている。姿や形も感じることができたのだ。目隠しをして森の中を歩く練習をしたときは、手で触れるずっと前に木がそこにあるのを感じた。さらに、木が実際に目で見るよりも大きいことを知った。木のまわりにも生命エネルギーフィールドがあるのを感じとっていた。その後、木や小動物のエネルギーフィールドが見えるようになった。すべてのものにはロウソクの光のように見えるエネルギーフィールドが存在していることを発見した。そして、すべてがそのエネルギーフィールドで一つにつながっていて、エネルギーフィールドの存在しない空間などないことに気づき始めた。自分を含めたあらゆるものが、エネルギーの中に存在していた。——中略——

NASAで数年間の研究の後、カウンセラーの勉強を始め、その道に入った。私が幼い頃の森での体験を思い出したのはカウンセリングを初めて数年経ち、人の頭のまわりに色彩が見えるようになってからだった。あの体験が私の超感覚知覚力、あるいは透視力の覚醒だったと知ったのはそのときである。楽しい秘密の子ども時代の体験が、重病人を診断し、治療するこの仕事に導いたのだった。——後略——

さて、ここでTFTの会場に戻る。博士はペンライトの光をスクリーンに向けて、次々に説明をしている。

ＮＡＳＡを辞した後、生物エネルギー学（バイオエナジェティクス）のセラピストを二年行い、マッサージ療法を一年、更に二年間の解剖学と生理学、トランス状態（変性意識状態）に関する二年間の専門研究、特別に深いリラックスをするテクニック、一年間類似療法、三年間のコアエネルギー・トレーニング、そして五年間のパスワーク・ヘルパーシップ・トレーニングを修了した。

「あら、これ全部足し算すると、私の年はすごいことに……。でもそんな年に見える？」と体を１８０度回転させ、会場の人々に向かって言った。場内どっと沸き立つ。我々一行を除いて会場に来ている人々は皆、博士の年齢を知っている様子である。

博士の履修時間は各課目ごとにダブっているらしく、単純計算ではないらしい。それにしても想像していたより若々しくてほんとうにびっくり仰天である。現在バーバラ博士はエネルギー医学博士号、神学博士号、と二つの博士号を持っている。

今回、十数回目の来日であるが、初来日は１９９５年2月であったとＢＢＳＨのニュースレター２００７年秋号（通算28号）の日本語版に書かれている。以下そのニュースレターから抜粋する。

茨城県日立市で開催された「ヒーリングと地球に関する会議」の基調講演者として私が招かれた1995年2月19日（私の誕生日）が全ての始まりでした。

私は初めての日本をとても楽しみにしていましたが、日本で起こるであろう事に何の準備も出来ていませんでした。何度となくテレビで「将軍」を観ましたが、それだけでした。私が持っていた情報が余りにも少なかったために、日本の文化のことはほとんど知りませんでした——中略——。日立市は私と共に講師も一緒に招いてくれました。そこで私は、ロザンヌ・ファラノ、マイケル・スパトゥッチ、セリアそして王由衣と共に行くことにしました。何ともラッキーなことに、会議の後、日立市から二週間の日本での観光旅行を全員にプレゼントして頂いたのです。そこで私は京都の二条城に行くことにしました。——後略——

私は初めての日本訪問で頭のてっぺんからつま先まで完全に（日本に）恋に落ちてしまいました。今でもこの気持ちに変わりありません。恐らく永遠の情事なのでしょう。

右に載せた文章にある1995年2月19日は日本で初めて翻訳された博士の本『光の手』の出版日2月10日からわずか9日後であった。この本の翻訳者は加納真士氏で、彼はその当時、日立市長のブレーンであった。従って「ヒーリングと地球に関する会議」はこの本の出版記念的要素が大きかったと思われる。

故関英男博士がこの会議に出席され、バーバラ博士と親交を結ぶようになったことは、この年の三月の最初の水曜日に関先生から聞くことになった。


スクリーンに写し出される文章、写真の数々、イラスト等を一通り説明し終わるとバーバラ博士は、

「何か質問がありますか」と言って会場を見廻した。会場のアチコチから手が上がった。その質問の一つ一つにテキパキと答えていった。その中におもしろい質問があった。日本人にはなぜ近視眼が多いのかという質問である。博士は、

「そうネー、そう言われると日本人はメガネをかけてる人が多いわ。研究に値するわ」そう言いながら、会場に来ているメガネをかけている人々をじーっと見つめていた。

「わかったわ、あのネ、近視の人は額のチャクラの位置がずれているの。額の前のチャクラが後の方にひっこんでいて、後のチャクラがその分、うしろにずれているんだワ。つまり図示するとこういうことよ」と言って博士はホワイトボードにその絵を書き始めた。

『光の手　上巻』の101頁イラストを参照するとわかるが、チャクラは肉体の前面と背面で一対をなしている。その二つのチャクラは肉体の中心線で交わっている。つまり、ジョウゴの底どうしが背骨の位置で交わっているようなものだ。この一対のチャクラのうち第六チャクラの前面が、うしろのチャクラを外側に押し出して、中心線上に来ていないと博士は説明し始めたのである。

この話の延長線上に、この講演が始まる直前に行なった由美へのヒーリングの話が続いた。頭骨の傷を治した話とチャクラがずれていたことの一件である。私のほうをじっと見つめながら博士は話した。

「日本人てすごく不思議な民族ね。手翳しだけで第五層まで治しちゃうのネ。そういう人がいっぱい居るんですネ。DNAのせいでそうなるのか、あるいは民族性なのかしら。とにかく、研究に値するわよ。ヒーリングスクールは日本には必要ないってことなのかしら？　でも、チャクラの修正や第六層と第七層のヒーリングはやってないじゃない」とまた私を見ている。

「だから、やっぱりBBSHの日本校は必要でしょ」

私はその一言ひとことに深くうなずいていた。

一ノ五　接点

講演が終わって、私と由美は早々に会場を後にした。由美の頭部大手術が終わったので、できるだけ養生期間を多くとろうと考えた。友人たちとはＪＲ新橋駅で別れ、私と由美は新橋に近い銀座の宿泊先へと歩いて戻った。「大手術」と言ってもヒーリング・パワーによる施術なので、フランケン・シュタインのように顔の全面に手術跡が残っているわけではない。大手術の前も後も、一見して何の変化も見あたらない。ところが顔の皮膚の下ではひびわれた頭骨が完全にくっついてその接面では化学反応が起こっているのである。つまり絶対安静にしていなければならない事態が生まれているのである。ホテルの部屋に戻ると、私はすぐに横になるようにと由美に言った。

それにしても講演翌日の午後に羽田を出発する飛行機にしておいて良かったと、つくづく思った。チェックアウトの時間ぎりぎりまで彼女を静かにしておけるからである。

講演の終わりが夜の9時だったので宿泊先に着いた時には10時を過ぎていた。そこで私も休むことにした。しかし、講演会場で突然に起きた出来事が頭の中を駆け巡ってなかなか寝つけなかった。

もし、あの時、バーバラ博士の原書を買わなかったら、その後の展開はなかったかもしれない。

その前に、もし、『光の手』と『癒しの光』を読み込んでおかなかったら今日、会場には来ていなかったであろう。

もし、通訳さんが、あの時適切な通訳をしてくれていなかったら、バーバラはヒーリングの態勢には入らなかっただろう。

もし、最前列の席を占拠していなかったらあの場面はなかったにちがいない。

あらゆる「もし」が重なって、どうして「現実」になっていったかを振り返っていた。

話は13年前の1995年3月の最初の水曜日になる。私が初めて加速学園でノストラダムスの預言書の解読法を発表した日のことである。その日、教室に入ると、いきなり関先生の質問がきた。

「君！　ヒーリングはできるかネ」と。

何とも唐突な質問であった。（この話は最初の『あしたの世界』の65頁に記してある。ただし以下の話は書かなかった）関先生の机の上に『光の手　上・下』が置かれていた。私にとって初めて見る本だった。それもそのはずで、関先生はこの前月の2月19日に日立市でその本を手に入れていたのである。先生は「ヒーリングと地球に関する会議」にサイ科学会の代表として招待されていた。それ以後先生は、バーバラ博士がオーラを見ることができることについて度々言及されていた。この当時（１９９５年）は1月17日に阪神淡路大震災があり、ずっと以前、現役の建築設計事務所の社長として、又、その地域に建築されている住宅の図面をたくさん書いていた私にとっては震災による被害状況は大いに気になるところであった。幸いにもそれらの住宅は震度7にびくともしなかったという報告を受けて安心はしていたが、友人たちの消息は不明のままであった。それとこの年の2月末にノストラダムスの預言書についての初めての本『ヨーロッパ大崩壊』が出来上がったばかりで、それが切っ掛けとなり、加速学園に通うことになった。そんな状況下においては、ヒーリングについての新しい勉強を始める余地はまったくなくて、関先生の質問に対して、ただちに「それはできません」と反応したのはしかたないことだったのである。

それからちょうど13年目、バーバラ博士の13回目の来日時に出会うことになってしまった。しかし、バーバラ博士と私との接点はなんと13年前にあった。

ヒーリングについては'95年当時、高塚光氏の本『神様の肩こり』や『タカツカヒカルの履歴書』等を読んでいて、どういうことかぐらいは知っていた。しかもそれらの内容については自分自身にも思いあたるふしがあって納得していた。それでも、その世界に自分が飛び込んでいくことはあえて避けてきた。私にはやらなくてはならないことが、それこそ「山のように」あったからである。

自分の目の前に来ている事態を避けていると、どういうわけか何度もその事態が迫ってきて、なんとも不思議なものである。この年の秋に今度は忍田光氏というヒーラーに出会うことになる。龍敬子画伯が私の講演会に忍田氏を連れてきた。忍田氏はその後『天から来たヒーラー』という本を〝たま出版〟から出した。それまでの間に、龍画伯から忍田氏のヒーリング能力について多くのことを知らされていた。

'97年の夏に日本一のヒーラー三穂希祐月師に私のノストラダムスの預言書解読法について聞きたいと呼ばれることになった。『あしたの世界　P2』の123頁以下に登場したM師のことである。この当時、三穂先生はすでに何万人もの人の病気を手翳しや手当て療法で治していた。

高塚光氏、忍田光氏、三穂希祐月師と次々にヒーラーと出会っていたが、こうした方々は皆、自然発生的にヒーリングを始めてしまった人たちであった。古神道家として高名な荒深道斉先生も自著で手翳しの病気治しのことを事実として書いている。そのことは八幡書店から今でも販売されている『古神道秘訣　上巻』に載っている。日本の歴代ヒーラーがDNAで結ばれていないことは明らかである。ここにいちいち載せないが、日本には他にもたいへん多くのヒーラーがいて、今、この瞬間に活躍していることを私は知っているが、２００１年の夏になるまで、私はその道には一向に入ろうとしなかった。しかし、私の場合も、ごく自然にヒーリングを開始してしまっていて、意識的にヒーリングしたのではなかった。

日本では時代を越え、場所や血縁にも関係なくヒーラーが突然出現するという事態が多発している。そうした事態についてバーバラ・ブレナン博士が不思議に思い「研究に値する」と考えたのは無理からぬことである。

魂のなせる業《わざ》だと私は思っている。そう言って物事をかたづけてしまうのが私の悪い癖だろうか。あるいは「民族性」ということだと言って、それ以上考えようともしない。しかし、バーバラ博士は西洋人らしく、そういった不思議なことを不思議のままにしておかず科学的に追求する。その結果、ヒーリングパワーを科学的に立証し、それを本にした。それが『光の手』である。さらにこれをベースとしてヒーリングを教える学校まで開設し、これまでに何千人というヒーラーを全世界に送り出していた。そして遂に昨年秋に日本校までを立ち上げるところまできた。

日本人のヒーラーの場合は、弟子という形でその技術を伝承させるか、あるいは「教祖」という形でヒーラーを神格化し、新宗教をスタートさせるケースが多い。ヒーリングパワーを「神示」と位置づけ、科学的な解明をしようとしない結果なのかもしれない。あるいは不思議なことは不思議なままでよいではないかとする日本人の感性の問題なのかもしれない。

一ノ六　ヘヨアン

帰路を急ぐ飛行機は、羽田を離陸してすぐに厚い雲の上に出た。大手術後の由美は「退院して家に帰るときの感じ」と言う。治った！　治った！　とはしゃいでいる感じはまったくない。ふさがった頭部の傷が安定するようにと、大事に自分の体を運ぼうとして動きはいつもより慎重である。3月20日は春分の日とあって、太陽は常に真西へと向かう飛行機の前方にあり、窓の外には見えない。しかし、座席の目の前にある小さな液晶テレビがＧＰＳによって飛んでいる位置を示している。

飛行機は岩国上空で高度を下げ始めた。いつもだと由美はここで気分が悪くなるのであるが、この日は何の変化も現れない。飛行機が雲の下に出た。すでに周防灘上空にあって宇部空港のチェックポイントに向かって降下を続けている。そこを過ぎると機体は左下に向かって90度、ゆるやかにカーブを描く。右側の客室窓から九州の大地が見えてくる。そこも厚い雲に覆われていた。車輪が下ろされる音が床から伝わってくる。由美が窓の外を興味深そうにじーっと見つめている。普段、こんな時には漏れ出す脳液によって体の機能が失われ、ぐったりするが、この日はまったくその気配がなく、元気なままだ。

「天使のはしごだワ」と由美は言う。雲間から円錐状に地上を照らす条光、光の束を彼女はいつもそのように表現する。私の席からは見えないが由美はずっと窓の外を見続けている。そんな彼女の姿を私は初めて見た。着陸のショックが体中を走った。まっすぐ前を見てショックに耐える。機体が止まった。由美がすーっと席から立ち上がった。着陸のショックで頭骨のひびが開くのではないかと心配していた私は、うれしさで涙がこみ上げてきた。しかし、まだ仕事が残っていることを思ってぐっと涙を押さえた。駐車場まで歩き、そこから16分ほどの家までのドライブという仕事が残っている。空港の建物の外へ出ると、西の空の一角で厚い雲がほんの少し開いて、そこから円錐状の条光が地上を照らしていた。まことに幻想的な風景である。周囲の山々の位置から推測すると、照らされているのはこれから帰ろうとしている我が家の方向である。

「すばらしい光景だねー」と私は語りかけた。

「お帰りなさーいと言ってるみたい」と由美が言う。その光景は飛行機の中からずっと変わらずに続いていることを由美は私に言った。駐車場を出て海の橋を渡り、家にどんどん近づいていている間、その条光は車の前方にずっと見えていて、やがて車はそのオレンジ色の光の中に吸いこまれていった。

一夜たっぷり寝て、21日の朝を迎えた。居間のカーテンのすき間から陽光が差し込んでいた。由美はまだ休んでいた。カーテンを開けると、庭の芝生が輝いていた。留守をしている間、ずっと雨が降っていたらしい。土ぼこりが洗い流されている。朝食の支度をしようと思って冷蔵庫の扉を開けた。空だ。数日家を留守にするときにはいつもそうしている。冷蔵庫の中の食品類は、全て前日までに胃袋の中に入れてしまうのである。早々に買い物をしなくてはならない。時計を見ると9時になろうとしていた。一番近くのスーパーが店を開ける時間だ。

静かに家を出た。春の最もすばらしい日が始まっていた。とても気持ちが良かったので自転車で行くことにした。数十メートル自転車を漕いだ所で急に風の渦に巻き込まれて前に進めなくなった。尻をサドルに置いたまま、右足を着地させた。すると風がピタリと止んだ。また前に進もうとしてペダルを漕ぎ始めると、風がじゃまをした。変な風だなーと思った。ひょっとするとヘヨアンが来ているのかなと思った。そう思った途端、頭のてっぺんからヒーリングパワーの光のシャワーが注がれてきた。やっぱりそうか、ヘヨアンが来ているのだ。ヒーリングの名人、バーバラ博士の守護神にして指導神である。子どもの頃、私が受けていた光のシャワー、もう何十年も受けることがなかった、なつかしい天使たちの光のシャワーと同じだ。全身が何とも表現しがたい、心地よい震動に晒されている。

「北九州に遊びに来たんですね。ここはとっても良い土地柄でしょ。それと私たちの暮らしぶりを見に来たんでしょ。バーバラ博士に実況中継するんでしょ」と私はヘヨアンに心の中で語りかけた。いわゆるテレパシーによる交信である。私の子ども時代には天使たちと話をするときにはいつも声を出して、まるで自分のそばに誰かがいるようにふるまっていた。そんな現場を家族が見つけると「邦吉はいつもひとり言を言っている」と言って、私を精神異常の子とみなした。そこで黙って心の中だけで話をすることにしていたのだが、今でもこの方法をつづけているのである。

頭上からのヒーリングパワーがいよいよ強くなっていく中で、私はゆっくりと自転車のペダルを漕いだ。やがてショッピングセンターに入り、手早く朝の買い物を済ませた。そうした間にもヘヨアンはずっと私を見守っている。自転車の荷物かごの中にレジ袋をいっぱい入れて急いで家に帰った。そして静かに家に入った。とりあえずレジ袋を台所の脇に音がしないようにとそっと置いて、寝室のふすま戸を静かに開けた。由美が目を覚ましていた。

「ヘヨアンがねー、ヘヨアンが来てるよ」と私は由美に言った。

「どうりで〜、ヒーリングパワーがね、光のシャワーが来てて、とっても気持ちがいいの。少し前から続いてるワ」と言って、彼女は上体を起こした。

「それでヘヨアンも部屋の中に入ってきてるんだー」と由美が言う。

「由美の容態を見に来てるんだよ。バーバラ博士に報告するためだよ」と私は言った。19日の講演会場では博士に何のお礼の言葉もかけず、挨拶もせず、講演の終了と共に早々と会場を出てしまった。私も由美も英語を話せなかったので、手術後のケアーの方法等について打ち合わせをすることは不可能だった。仮にバーバラ博士の宿泊先の電話番号を聞いておいたにせよ、それも何の役には立たないのである。それと手術後のアフターケアについては私のヒーリングで何とかしようと決めた上で会場を後にしていたのである。

第二章　フロリダより

二ノ一　守護霊の如く

東京から九州の自宅に戻って数日が過ぎた。由美の頭骨のひび割れは完全に塞がれ、脳液の漏れはもはや無くなったことが確認できた。頭骨の手術部分はまだ熱く、それはまるで鉄と鉄とが溶接された直後のように火照《ほて》ったままだ。しかし基礎体温に変化はなかった。

「不安が無くなった」と由美は以前にも増して明るく言った。

「これまでは、原因不明の不安にいつも悩んでいて、心療内科に何度も通ったけれど、治らなかったわ。でもきっとそれはチャクラが傷ついていた所為《せい》だったんだ」と言う。

旅の疲れもあったかもしれないが、由美は熟睡できるようになった。心底、安心できたようで、一つ一つの言葉に力がこもってきた。しかし、新しい体にまだ慣れていないようで「まだフラフラする」と言って横になる時間は長いままだ。

12年以上にわたり、体の悪いなりに適応していた運動神経と全身の筋肉が、事故以前の元の形に戻ろうとしている。ところが、その形で体を動かしたり歩いたりすることが困難らしい。

「何しろ、ものすごい大手術だったのだから術後の養生期間は十分とらなければならないはずだ。それでも、この12年という歳月を考えれば、これからの一ヶ月や二ヶ月は無いに等しい時間だよ」と私は言った。何となく、5月9日までには由美は完全に回復すると思った。その日はバーバラ博士による今年2回目の東京講演の日である。

3月19日のバーバラ博士によるヒーリング技術に大いなる信頼を持っていたものの、私はその後三日もたつと何も手出しをしないでただ回復を待つという気持ちになれず、自分でヒーリングをしてみようと思った。そこで、以前にもしていたように手翳しで由美の額の熱を取ろうと右手を額に近づけた。その時である。由美の背後から声が聞こえた。

「そんなことしても無駄よ」と言う。その声は3月19日、講演会場で私の後ろから話しかけてきた声「サインしましょうか」というバーバラ・アン・ブレナン博士のあの優しくも、小さな、しかし私の耳の奥にはっきり聞こえてきた声と同じだった。3月19日の「サインしましょうか」という言葉は英語だった。しかし今日は日本語で話しかけてきたのである。私は右手をひっこめた。そして静かに目をつぶった。私の顔は由美に向けたままだ。すると、そのすぐうしろにバーバラ博士が金髪を下ろした姿でいるのが見えた。何と！　博士は東京から遠隔で由美のアフターケアをしているのである。それはまるで由美の守護霊の如くである。私はヒーリングを止め、一切を博士に任せた。

今や博士はヘヨアンとチャネリングし、由美と私の居場所を認識しているだけでなく、ヒーリング後の彼女の容態をも把握し、完全に由美を自分の管理下に置いているのである。さらに博士はこの二、三日の間に英語を日本語に翻訳して私にメッセージを伝えるシステムすら構築していた。東京と北九州の小倉間に翻訳衛星を打ち上げたようなもんだ。ニンバス気象衛星よりすごい技術だ。これはもはやヒーリング技術ではなく、完全に超能力の世界だ。

やがて、自分に対しての博士の遠隔ヒーリングには、ある一定のパターンがあるらしいと由美が言い始めた。最初に胸のチャクラたる第四チャクラが熱くなり、次に全身が暖かくなって体の悪い部分がヒーリングされていくという。交通事故に遭った時、由美は大型トレーラーの下で引きずられていたため、体全体が傷んでいた。それは生きているのが不思議な状態だったのである。実際、彼女はトレーラーと衝突した瞬間に幽体離脱して、事故の状況を上から見下ろしていた。つまり即死のような状態だったのである。

その内、ヒーリングが始まる時間が一日の中で、ある一定の時間に限られているらしいと言い始めた。どうやら博士は一日の仕事が終わって宿泊先の部屋に戻り、ゆったりとした時間を持ったときに遠隔ヒーリングを開始するらしい。

博士じきじきの個人的ヒーリングを受けるということさえ例外中の例外であるのに、アフターケアまでしてくれているということを知った私の体を、二度目の衝撃と感動が貫いた。

遂に私は由美へのヒーリングを終了できた。その点についていえば「失業した」ともいえる。しかし私にはまだ仕事が残されていた。由美の運転手としての仕事の他に「料理人」としての仕事である。つまり専業主夫としての仕事があった。それと原稿書きとしての仕事も。明窓出版から出し続けている「21ノストラダムス」シリーズはまだ完成していないのである。

二ノ二　背骨のずれが治った

3月19日から10日目、28日の金曜日午後の三時頃、私は数枚のコピーをするため、もっとも近いコンビニへと出かけていた。その日、一日中、春の暖かい日差しが降り注いで桜の花が開きはじめていた。コピーを済ませ、のんびりと自転車を漕いでいた。

突然、バーバラ博士の悲しい思いが伝わってきた。日本の友人たちとの別れを惜しんでいる感情である。場所は成田かなと思えた。国際線のゲートをくぐる直前である。私は自転車のペダルを漕ぐことを止め、片足を地面につけた。5月9日にまた会えるではないですかとバーバラ博士に語りかけた。こんな場合には女性はずいぶん感情を露わにするもんだなと思った。

夕方に成田を出発するとアメリカの最初の玄関口はロスだろうか、時差があるので、西海岸は昼を過ぎている。アメリカの国内線に乗り換えてフロリダのマイアミに到着する頃は深夜だろうか。まだ金曜日だ。あるいはまた金曜日と言うべきか。金曜日を二回体験しているようなもんだ。博士の悲しみの感情が少しずつ和らいでいくのを感じてから、再び自転車のペダルに足を乗せた。

家に戻ってカレンダーをじっと見つめた。博士は土日の二日間を使って時差を調整し、31日の月曜日からは通常の仕事に戻るのだなと思った。そこで31日の月曜日にFAXで礼状を書き送ってみようと考えた。3月19日の講演会場でさまざまな資料をいただいた。その中に5月17日と18日の、東京におけるワークショップの案内状があった。その案内状はワークショップの参加申込書にもなっていて、そこにフロリダのFAX番号が書かれているのを発見した。又、その案内状には日本語による専用電話回線があることも書かれている。ということは、日本語を英語に翻訳できるスタッフがいると考えられた。

3月31日の夜10時半頃、私は博士あてに19日の由美に対するヒーリングの礼状を日本語でFAX送信してみた。フロリダでは31日の午前8時半頃と思える。FAXが確実に届いているかどうかを聞くため、夜の11時頃、今度は日本語専用ダイヤルに電話してみた。するとき

れいな日本語の応答があった。私の名前を言うと、

「先ほどＦＡＸをくれた方ですね。バーバラ博士には英語に翻訳した上で、必ずお渡しします」と言う。私は安心して、

「よろしくお願いします」と言って電話を切った。生まれて初めて、アメリカにＦＡＸしたのと同様、初めての会話でもあった。

私はこうして、ようやくバーバラ博士と連絡する方法を確立できた。博士の方はさっさと超能力による日本語翻訳システムを私との間で作ってしまわれたが、私の方はというと、相変わらずＦＡＸや電話である。能力の差が歴然たるものである。ただし、ＦＡＸの礼状には5月9日の講演会に私と由美とで参加することを明記しておいた。ＢＢＳＨの本部スタッフには重要な事務手続きのはずである。

4月2日、午前0時頃（マイアミでは4月1日の午前11時頃と思われる）背中と腰とに激痛が走って目が覚めた。一年の内に一度くらい、私は就寝中に体をねじってしまい、背骨を痛めることがあって、またやってしまったかと思った。みぞおちの真裏に当たる部分の背骨が大変弱くて、いつもその部分を痛めていた。

しかし、この夜の激痛はこれまでの痛みとは何か違っていた。私の叫び声で由美も目を覚ました。その時由美は、

「熱い！　熱い！　バーバラが来てるワ」と叫んだ。電気による輻射暖房ヒーターのスイッチは数時間前に切って寝ていた。ヒーターはすでに冷めていた。それなのに、部屋全体はまるでダルマストーブで熱せられているように熱いのである。その熱は3月19日に感じたバーバラ博士の熱と同じだった。

翌朝、背骨の痛みはすっかりなくなっていて体が軽く感じた。何十年も前に味わったことがある朝の爽快感だけがあった。背骨の中央部と、背骨と腰骨との接点、二ヶ所の脱臼が治っていたのである。

バーバラ博士はフロリダのマイアミに居て、そこから私の背骨を透視したのであった。脱臼している背骨の両端をそれぞれ右手と左手とで握り、骨をねじるようにして正しい位置に戻したのである。激痛はこの時起こっていた。それにしてもすばらしい方法である。背中の筋肉を切り開くという外科手術をしないで済む。従って血が出ない。完全に寝ていたので手術前に始まる恐怖心や不安感がない。

3月19日のヒーリングは由美に対してだけのもので私は関係なかった。博士の著書の中に

「夫婦の場合、どちらか一人だけはヒーリングするが、この場合、その相手側はヒーリングしないのが原則である」と書かれている。従って由美がヒーリングされた場合はその夫たる私はヒーリングしてはいけないということになる。ところがこの原則を博士自身が破ってしまったのである。

「どうしてだろう」と私は由美に語りかけた。するとすぐに彼女は言った。

「交通事故による後遺症と仕事上で起きてしまった骨のずれということで、純粋に二人とも物理的問題でしょ。霊的に関係しないからよ」

「あっ、そうか」と私も思った。

それにしても、私はバーバラ博士に自分の腰痛の件を一言も言ってはいなかった。どうして博士は私の腰痛を発見したのだろうか。互いに東京に滞在中のことであれば話もわかるのであるが、フロリダに帰った後に霊視して発見したことになる。さらに腰痛の発生原因となっている微妙な背骨のずれを視たのである。その背骨のずれは、これまでレントゲン撮影によっても、ＭＲＩによっても発見できなかったものである。バーバラ博士のすばらしい能力に心底から感激した。

その夜、私は二回目の礼状をフロリダにＦＡＸで送った。その文は以下である。

バーバラ・アン・ブレナン博士へ
昨日は私の背骨を治していただき、ありがとうございます。
１９８３年以来、昨日まで25年間以上にわたり痛み続けていた古傷が初めて無くなりました。すばらしい出来事です。医者やカイロプラクター、ヒーラーが誰も治せなかった傷でした。大変すばらしいリモート・ヒーリングでした。地球の裏側から。
時計を見ると夜の11時55分でした。そちらの時間では朝の９時55分頃だったでしょうか。朝目ざめると、私の体の痛みがすっかり取れていて、すがすがしく、軽い感じになっていました。いまにも宇宙へ飛んで行けそうです。ありがとうございます。

'08年４月３日記　池田邦吉

二ノ三　由美の視野が拡がった

12年以上前、由美が救急車で大病院に入ってから退院するまでの間、彼女はベッドにずっと横たわっていた。頭部に重大な傷を負っていたので頭は固定されていたようだ。退院した後も首を廻すようなリハビリができなかったようで、以後頭を上下左右に動かすことが困難になっていた。例えば、病院の廊下を歩いていて、遠くに診察室の表示が見えていても、その近くに来ると、天井近くにある表示板を見失ってしまう。従って大病院に行くときには誰か付き添いが必要だった。家では台所の洗い物が出来なかった。真下に顔を向けることができないのである。まな板の上で何かをカットする作業は不可能だった。私の「専業主夫」の意味がおわかりであろう。私は料理をすることが好きだったので由美のような症状を持っている人には夫として最適だったと言える。

由美は左右に顔を振るということもできなかったので、車の免許は持っているものの運転はむずかしい。私は18歳で普通免許を持ち、自家用車は5台目を運転している。運転歴は44年、無事故である。専属運転手としては合格であろう。こんな具合だったので、由美の脳液の漏れが治ってから、頭骨と頸椎《けいつい》との接点をカイロプラクティックの要領でヒーリングしようと私は心に決めていた。

4月8日午前3時頃だった。部屋中が熱くなり由美が上体を起こして何か叫んだ。その声で私は目を覚ました。

「バーバラ博士が頭の奥に何かヒーリングパワーを送ってくれている」と言う。その時、私

は深い眠りの中にいたようで、目を少し開けて、

「そうか」と言ってまた眠ってしまった。

フロリダの時間では7日（月曜日）の午後2時頃だろうか。博士はランチを終わって午後の仕事に入る前だったにちがいない。


4月8日は友人のKさんが我が家に遊びに来る日だった。Kさんは前日の夜に私に電話をしてきて、訪問したい旨の話をしていた。Kさんは歌手のアイカ（本名・橋本恵子）さんのコンサートを東京でよくプロデュースしていて、私と知り合いになっていた。彼女は私のヒーリングパワーのことについては疑っていなかった。彼女や彼女の仲間たちに私は東京でよくヒーリングをしていたからである。そのKさんが北九州に引っ越してきた。我が家から車で30分ほどの距離にある行橋《ゆくはし》市のアパートにであった。

数日前からKさんが私の家に遊びに来ると何となく感じていた。そこで夕食の準備をその数日前から始めていた。8日の夕食はカレー料理にしようと決めていた。十種類以上の野菜を煮込んで野菜スープを作り、二、三日後にカレーとし、さらに一日冷蔵庫で寝かせるとコクのある大変おいしいカレーができる。野菜は季節ごとに簡単に手に入れることができる材料

にしているが、ジャガイモとニンジン、玉ネギ、ピーマン、各種のキノコ類は常に変わらないベースとしている。これにトマトが入るのであるが、イタリアントマトの缶詰を一缶ぶん全部入れることにしている。十種類以上の野菜となると、一種を少しずつにしても全体としてはものすごい量になってしまうので、でっかい鍋で煮ることになる。味付けは塩とコショウ、コンソメでスープができ上がった後に少しのしょう油で味の調整をして終わる。

全ての野菜を適当な大きさに切り終わったら、大鍋の底にオリーブオイルを温め、最初にニンジンを炒《いた》め、次にジャガイモ、ピーマン、玉ネギ等を順に入れていく。そこにショウガとニンニクを入れるが、その前に各野菜には塩、コショウしておく。ショウガとニンニクは予めすり下ろしておいたものを野菜にまぜるようにして入れていく。全部の野菜（トマトだけまだ入れてない）を炒めたら、鍋いっぱいに水を入れて、30分以上煮るが、このときコンソメを三個ほど入れておく。その後でトマトを全部入れてもうしばらく煮る。最後にスープを少しだけ取って味見をし、しょう油をほんの少し入れて全体の味の調整をしていく。もし、塩味が足りないようであれば、ここで塩を少し入れて味を調える。

スープができ上がった日はそれぞれの野菜は元の形をしているので、スープカップにこれを取ると、まるで野菜の煮込み料理を食べているという感じである。トマトもまだ形が少しあるので、ミネストローネスープを食べているのかなという感じがする。

二日目の夕方にもう一度火を入れて少しの間煮込むと、今度は野菜が溶けて、キノコ類だけが元のカットしたときの形のままスープの中に残る。この時点では初日のスープよりもずっとスープらしくなっていて、すばらしくコクが出ていてうまい。大鍋にいっぱいだったスープが半分位になってきたところで、カレーのルーを入れるとカレーの出来上がりというわけである。残ったものは鍋の中で冷ました後、タッパーに分けて冷蔵庫に入れておくと一日後、あるいは数日後に熟成されて、最初の日よりもっとうまくなっている。

野菜を10種類以上も仕入れるのはさぞ高価だろうと思われるかも知れない。しかし、例えば、ブロッコリーの芯を捨てないで冷蔵庫に保管しておいて、これをこまかく切って野菜スープを作るときの材料としているので、一度買った食材を最後まで使い切るという点では、経済的なのである。

私は肉を入れない。ところが、エリンギなどは最後まで溶けず、最初の形を残したままで仕上がっていくので、これが良い食感になって、まるで何かの肉が入っているような錯覚をおぼえる。

さて、Kさんが私に電話をしてきた時にはすでにこのカレーが冷蔵庫に入っていたので、4

月8日の夕方は、もう少し料理を加えることにした。野菜サラダを器いっぱいに盛りつけ、カボチャも煮た。野菜ばかりなので、ゆで卵を作り、これを三つに切って野菜サラダの上に乗せた。色どりが美しく仕上がる。これでKさんの接待準備が終わった。そこにKさんから電話が入った。少し遅れそうだと言う。電話でKさんの声を聞いた途端、私は彼女がすごく疲れていることを感じた。東京からの引っ越しと、慣れない土地での生活の始まりで、ずいぶん体力を消耗しているようだ。私は、カレーライスを止めて、カレーうどんにすることに決めた。

予め冷蔵庫から取り出して常温にしておいたカレーに「めんつゆ」を少し加え、長ネギを少し大きめに切って和風のカレーに変換させた。うどんは愛知県の金トビ麺で、これはゆで上がったときにもコシがあってうまい。乾麺なのでゆでるのに時間がかかるが、カレーうどんのときにはこれが良い。

二年ぶりの再会でKさんとの話は長くなり、気がついたら9時になっていた。由美と私はKさんを見送るために外に出た。Kさんの車がすぐ見えなくなって家に入ろうとしたとき、星空がすばらしい夜であることに気づいた。

「今日は星がきれいだナ」と由美に言った。すると由美は顔をまっすぐに天に向けて、

「あっ、ほんとだ、星が見える。星が見えたよー」と大声で叫んだ。頭が頸椎の上できれいに360度回転できているのである。

「バーバラ博士が治してくれたんだ、夜のヒーリングはこれだったんだー」と由美は言った。

交通事故に遭ってから12年と5ヶ月ぶりに、由美は頭上の星々を珍しそうに眺めていた。感動が私の体中を走り廻った。

翌日、4月9日の夜、私は三度目の礼状をフロリダにFAX送信した。由美の固まっていた視野が元の正常な視野に戻ったことを書いた。この時、フロリダは4月8日の朝を迎え、人々は仕事を始めている頃である。

ふと、私はこの一連の出来事を本にしてみようかなと思った。

二ノ四　鍼治療

バーバラ博士はフロリダのマイアミに居て、毎日決まった時間に由美の容態をチェックしているらしいとわかってきた。由美の交通事故の後遺症の全貌はだいぶ前に把握しておられたらしい。私の勝手な想像であるが、それは博士が東京に居る間であったのであろう。怪我の重大な部分を手術した後は、そこが充分固まって治った後に、その次の怪我の部位の手術にとりかかるという具合である。そのタイミングについてはフロリダから何の連絡もサインもなく、こちらが完全に眠っている午前3時前後に手術を行うらしい。

よく、眠っている間に病気が治ってしまったという話を聞く。重大な病気を抱え、明日には大手術という前の夜に容態が好転し、翌日、いざ手術ということで手術室に入ってみると病原が無くなっており、そのまま退院できたという話である。こんな話は一つ二つではなく、私の読者からたくさん報告を受けている。草木も眠る丑三つ時のヒーリングパワーによる大手術、それは誰が行なっているのだろうか。意識のエネルギーは素粒子を構成している量子で、それは光のエネルギーである。その量子エネルギーはあまりにも小さくて機械的、物理的に観測はできない。観測できなくとも確実に存在している。そのことは科学的に証明済みである。量子力学の世界だ。バーバラ博士は大学で物理学を専攻しており、そこでは修士課程まで進んだ方だということは前章で書いた通りである。従って最新の「量子力学」は充分に理解されていて、量子の振るまいがどのようなものであるかを知っておられる。知っておられるだけでなく、現実の世界の中で、活用しているのである。だからこそ地球の反対側から遠隔ヒーリングで大手術を行なっているのである。量子の世界では、時間や空間は関係ないのである。

バーバラ博士が真昼間にフロリダに居て、由美の手術をしようとすると、博士の意識体は九州で眠っているすぐそばに来て必要な手術を行なう……、ただそれだけのことである。ただし、その手術に必要な技術を持っている神霊たちが、その手術を助けるということは大いにあり得るだろう。例えば由美の場合では、亡くなった母親がサポートに来ているとか、あるいは由美の守護神や指導神、守護霊や指導霊といった方々がバーバラ博士に協力しているかもしれない。

例の「眠っている間に病気が治った」人たちの場合、その近親の人やその友人、知人の方々の意識がヒーリングパワーと化し、病気を治したと言える。意識エネルギーにもさまざまなレベルがあるが、「愛」のエネルギーが最も高く、それは神的エネルギーレベルであると言える。

日本時間4月10日午前3時、由美が叫び声を発してふとんから上体を起こした。その声で目を覚ました私は由美に言った。

「どうした」と。

「左目に針が刺さった。痛い、痛い。銀色の針だ」と由美が言う。

「バーバラ博士が鍼治療をしているに違いない」と私は言った。『光の手』の中に博士が鍼治療について書いていることを思い出していた。フロリダ時間では4月9日の午後2時頃で、ランチタイムを終えた後だ。例によって部屋中が熱い。

由美が病院に緊急入院した時、左目を失明するところだったらしい。幸い視力だけは回復したのだが、今でも強い光には弱い。暗闇の中から発せられる強い光に耐えられず、車の夜間走行ではいつも助手席で目かくしをして、対向車のヘッドライトから左目を守っていた。目の鍼治療が始まった日、朝になって陽がだいぶん高くなってきても、由美は左目を押さえたまま目の痛みを訴え続けていた。午前10時半頃、由美は椅子に座ったままCDを聞いていた。そのCDは3月19日に東京の講演会場で買ったものだった。このCDはハープによる静かな音の曲で、バーバラ博士が自己ヒーリングをする人たちのために作ったものである。サウンド・テラピーといって、音によるヒーリング効果を目的としている。このCDを聞き始めてしばらくして、また目の鍼治療が始まってしまった。フロリダでは博士が夕食を済ませた頃と思われるが、この日二回目の鍼治療である。博士がこの日一日中、由美の治療に当たっているのがわかった。由美の目の痛みはこの日、一日中続き、翌11日になって、やっと痛みが和らいできた。そこでこの夜、私は博士に「鍼治療」の礼状を書いてＦＡＸした。

頭部の主だった傷や故障箇所が次々に治ってくるに従い、由美は次第に元気を取り戻していった。元に戻りつつある新しい体に適合しようと、外を歩きたがった。しかし、最も近いコンビニへ行くにも体力をすぐ消耗し切って、帰ってくるなり体を横たえた。神経組織と筋肉組織とがまだうまく機能していないのである。

「12年以上も治療してきたのだから、この一ヶ月や数週間はあって無きがごとくの時間だ。あせらないよう、ゆっくり養生しろよ」と私は由美に言った。

二ノ五　散　歩

頭部の傷が治ってくるに従って、今度はこれまで感じていなかった、体の別の異常が発見されてきた。胸骨の一番上の骨が痛くなってきたと言う。トレーラーに引きずられていた時に胸骨を激しく打撲していたようである。これまで頭部の痛みに隠れて胸の痛みは感じていなかったようだ。

私は由美が訴えている痛みの箇所に手翳しをしてみた。するとその部分が熱くなっているのが確認できた。そこで軽く手を当てた。

「あったかーい」と由美が言う。これは治る徴候である。そこでしばらくそのままの姿勢で手を当て続けた。数分してこのヒーリングを止めて、私は家事に戻った。

しばらくして、由美が叫んだ。

「あっ、バーバラが胸の骨にヒーリングパワーを送ってきてくれている。あったかーい。先生のといっしょだー」

バーバラ博士が由美の胸骨の故障を発見したようだ。由美は家の中に居ても、私をまだ先生と呼ぶことがある。


4月20日の日曜日のことだった。この日は東京から帰ってきてちょうど一ヶ月目を迎えていた。庭の芝生が陽光を浴びてまぶしく光っていた。風がほとんどない。海と山に近いので気象が激しく変化する地域だが、この日は一年の内でもめったにない、すばらしく気持ちの良い日となった。由美が散歩したいのでいっしょに来てくれないかと言う。日曜日とあって、書きかけの原稿はそのままにして、一緒に出かけた。この家のすぐ脇に前方後円墳のように見える小高い丘がある。竹林や自然林に覆われているが、木々の梢はその下の丘の形を反映していて丸く空を切りとっている。その丘の反対側へ行ってみようということになった。

丘のふもとを廻り込むようにして小道をゆっくり二人で歩いた。竹林では竹の子掘りをしている人たちに出会った。この地域は孟宗竹の竹林が多く、竹の子の名産地である。アチコチに掘ったばかりの竹の子が置いてある。実にうまそうである。近くのスーパーで地元産の竹の子だとして売っているのをよく見かけていた。その原産地は何と私の住んでいるところの町内会だったのかとびっくり。この日まで由美の介護とヒーリングのため意識を集中していたので、町内会がどんなところかも知らないでいた。

小路は円形に竹林に添って続いていた。家の反対方向に来たかなと思われるところで一部竹林が切り払われているところが手前の竹と竹とのすき間から見えた。そこには小さな虫が大群をなして上下に飛んでいた。養蜂場だった。生まれて初めて養蜂場を見てまたびっくり。蜂が煙のようにまとまって飛んでいるのを見て驚いていると、背後に牛のなき声が聞こえてきた。「もー、もー」と低い声だ。

小屋がたくさん並んでいるのが見えた。中には牛がたくさんいるらしい。その小屋に近づいてみた。すると黒和牛がたくさん飼われているのがわかった。私は牛肉をほとんど食べないので買ったことがなかったが、近くのスーパーでは地元産の黒和牛の肉だと書かれた大きな看板をいつも見ていた。それは本当のことだったのだとやっとわかった。それにしても自宅から百数十メートルのところにこんな光景があったとは驚きの連続である。

「話には聞いていたけど、こんな近くに牛の飼育場があったんだ」と由美が言う。由美も初めて見た場所だったのである。由美が興味深そうに小屋に近づき、中を覗こうとした時である。真っ黒い大きな頭が小屋の外に突き出て「モー」と由美に挨拶した。由美がびっくりして後に下がった。

牛の飼育場をすぎると小路はゆるやかな下り坂になり、視界が急に拡がった。まだ水が張られていない田圃にはうす紫色のレンゲが一面に広がって、あぜ道にはタンポポの群生が一直線に並んでいる。そのずっと向こうに小さな石の鳥居が見え、鎮守の森がゆるやかな丘を作っている。その森の中からうぐいすの美しい囀りが聞こえてくる。あたたかな陽光がレンゲの原を輝かせ、そこが大都会のすぐそばとはとても思えない。空からは姿が見えないヒバリの声があたり一面にひびきわたっていた。ピーチクパーチク。

鎮守の森の向こうに長いすそを引いて貫山《ぬきさん》がすぐ目の前にあるが如くにそびえている。標高は711メートル。緑のジュータンが山頂附近までびっしりと続いているのが見える。ふと、農道に電柱がないことに気づいた。不思議な大空間に迷い込んでしまったかと思った。異次元の空間である。あたりを見まわすと、畑では農家の人々が忙しそうに土の手入れをしており、遠くの道路では車がいつものように走り廻っているのが見えた。現実の空間だった。数千年もの長きにわたり続いてきた日本の原風景がそこにあった。

陽の光に疲れたのかもしれない。由美が、「この辺で戻ろう」と言った。ゆっくりと来た道を戻って家に帰った。時計を見ると、帰路はたった15分しか歩いていなかった。私にはあまりにも短い散歩であったが、12年ぶりに農道を歩いた由美にとっては大きな散歩であったらしい。

「足が痛い」と言って、由美はすぐに横になってしまった。私は近くのスーパーへと買い物に出かけた。目的は「竹の子」である。夕方にこの竹の子を煮て夕食のおかずとした。

「おいしい、おいしい」と言いながら由美は竹の子料理をいっぱい食べた。

この日を境に、由美は急速に体力を増していき、日増しに歩行距離が延びていった。歩く姿は以前とずいぶん変わり、通常の人がそうであるように、まっすぐにスタスタと歩けるようになっていった。

二ノ六　通訳さんとの出会い

第一章の冒頭に、北海道から来た通訳さんが登場している。私の本の中に初めて登場した人であるが、もしこの人の通訳がなかったら、バーバラ博士の由美へのヒーリングはなかったに違いないと思えるのでここで彼との出会いを書いておく。

２００７年6月26日、札幌で小さな講演会が企画されていてその講師に私が招かれた。この講演会の仕掛け人はOさんという御婦人で、彼女は故関英男博士が主宰されていた加速学園に度々通ってきておられた。「洗心」についての勉強会への参加のことである。北海道からは唯一人の参加者だった。毎水曜日ごとに、北海道から東京の世田谷区にある教室に通ってくる人というのは後にも先にもOさんだけだったと私は記憶している。

会場は札幌市北区北23条西10丁目にある小さな喫茶店だった。店の名はLive & Cafe toneという。集まった方々はほとんどOさんの友人たちだった。名前を聞くと、知っている名前が殆どである。Oさんは私が本を出す度に、サイン本を注文してきた。その注文ＦＡＸには書き込んでほしい方々の名前があった。この日集まった方々はその名前の方々だったのである。講演会というより洗心の勉強会と言ったほうがふさわしく、いわば「北海道版、ミニ加速学園」の一日開校日のようなものだ。

その参加者の中に一人だけ男性がいて、Oさんも店の人もその人のことを知らないと言う。勉強会は一時間ほどで、残りの一時間は食事会になっていた。その食事会は質疑応答の時間でもあって、参加者の一人ひとりと私との間で一問一答の会話形式が組まれていた。順に話が進んで男性が発言する番になった。彼はこの喫茶店がある町内会の住人で、よくここへコーヒーを飲みに来ている「常連」だと言う。ここ数日間、ずっと池田邦吉著『あしたの世界』シリーズを読んでいて、昨日、P（パート）4を読み終わったところだと言う。ちょうどその日にこの喫茶店でいつものようにコーヒーを飲んでいたら、店の掲示板に目がいった。そこに「池田邦吉　講演会」とあって、大変びっくりした。それで今日ここに来ましたと言う。目的は『あしたの世界P・4』に書かれているヒーリングであると言う。聞けば腎臓病で数年前に移植手術をしたらしい。私は店のオーナーに言って、ヒーリングできる場所を貸してくれるように頼んだ。

夜もだいぶ遅くなっていたのでヒーリングは翌日とし、他に誰かヒーリングの必要な人がいるかどうかを参加者に尋ねた。するとこの男性の他に三人が申し出た。これだけで一日仕事となってしまい、九州に帰れるのは翌々日ということになる。私はその九州を出発する数ヶ月前にこの旅行の日程を予め組んでいた。講演の翌日にすぐ帰宅しないで、一日を空白に、帰りは28日の午後の便にしておいた。27日は誰だか分からないがヒーリングの希望者があるかもしれないと漠然とではあったが感じていたのである。

札幌の市内観光には興味がなかった。かつて建築の設計事務所を営んでいた時、何度となく仕事でそこに行っていたからである。還暦を迎えて、夜のネオン街に遊びに行くことにも興味を失っていた。

ヒーリングを希望された男性には、住所と名前と電話番号をメモしてもらった。メモはそれだけで、病歴などは必要としなかった。ヒーリングに家族関係や友人関係、仕事のことなど関係ない。体の悪くなっている所を治す。これがいつもの私の患者に対する態度である。その患者さんたちは常に私の読者であった。そのため、『あしたの世界P3』を読み込んだ人達がヒーリングの申込み者であった。その本には「洗心」の話が特集してあり、「病気の原因は患者自身が作り出しており、病気は気づきのサインである」ことが神示として書かれている。だから自分自身で生活態度を改めれば、病気は自然に治るというのである。

『あしたの世界P４』ではヒーリングの実例を示しておいた。その中に腎臓病を発する人の精神的特徴を書いておいた。講演会場で通訳さんは、

「自分に起こった病気の原因については思い当たる節（ふし）があります」といって私の本を示した。従ってこういう読者に改めてその病気の原因について説教をし、患者の心を傷つけてしまうようなことは言う必要がなかった。それに彼は道庁の仕事をこの年の３月で辞職して、自分の好きな道を進み始めていた。

私のすべきことはただ一点、この人の病んでいる部分に光りを当てること、ただそれだけだ。

翌日の午前中、一番目にこの人のヒーリングを始めた。喫茶店の二階には一室だけたたみが敷かれている部屋があって、そこがヒーリング会場として準備されていた。彼には座ぶとんの上にあぐら座りをしてもらって、私は背後に回り、腎臓と思えるところに手を当てた。いきなり私の手が熱くなって、ヒーリングパワー全開である。

「あったかいですネー。何かこう、温泉にどっぷり入ってるような感じです」と彼はうれしそうに言った。

「この状態は必ず治るというしるしですワ」と私は言った。

「今、免疫抑制剤をずっと飲んでいるんです。自分の臓器ではないので、この薬を飲み続けなくてはならないと医者が言うので」と彼が言った。

「その薬の所為《せい》で、そんなに元気が無いのですネ」と私は彼の背中に手を置いたまま言った。

「一日一日、生きていくのが精いっぱいで、何も手がつけられません。何か一つの仕事をすると、すぐ疲れてしまって寝てます」と言う。

「臓器の提供者は誰だかわかっていますか」と私は彼に尋ねた。

「母です」と言う。二つの腎臓の内、悪い方が片方だけだったんで、その悪い方の腎臓に母親の腎臓を移植したんですと彼の話が続いた。

「そうすると、今はおかあさんは片方の腎臓だけで機能しているということですか」と私は彼に言った。

「そういうことです」と彼は言った。

私は患部に手を当てながらのごく自然な会話の中にその病気を治すヒントが含まれていることが非常に多くあることを経験から知っていた。だから、ヒーリングに入る前の問診はいつも省略することにしているのである。患者と私との間で会話が無いケースでも、手翳しや手当の最中にその患者さんに対する必要な処方箋は私の頭の中で出来上がってくる。

彼の処方箋は次のような言葉で私の口から出た。

「まず第一に、あなたはお母さんから生まれてきた。よって自分はお母さんの一部である。お母さんの腎臓は自分のものと同じであって他人の腎臓ではない。とあなたの全細胞に説明し、全ての免疫システムに、腎臓に対する攻撃を中止するように命令しなさい。これは口に出さなくてもよい。自分の意識だけでよいから、心の中でそのように叫びなさい」と私は彼に言った。私の手は左右の腎臓をかわるがわるヒーリングし続けていた。

「なるほど」と彼はうなずいた。

部屋の中はまるで暖房をしているかの如く熱くなっていた。喫茶店の若い店員さんが何か飲み物の注文があるかと聞きに来た。私と患者さんとは水をお願いした。

「この部屋、熱いですねー」と店員さんが言う。

「冷房のスイッチを入れてくれませんか」と私は店員さんにお願いした。

ヒーリングは30分ほどで終わった。次の患者さんが下の喫茶カウンターに来ていることが知らされた。彼と別れる際に、もう一度、明日の午前中に私が泊まっているホテルのロビーに来てくれないかと提案してみた。そこでもう一度ヒーリングしてみようと思ったのである。

彼はとても喜んで、この提案を受け入れてくれた。

彼をヒーリングしている間、由美はじっーと私のヒーリング法を見つづけていた。手出しをしないのである。その間に彼女は私のヒーリング法を憶えてしまうのである。

残りの申込みの方々と接し終えて、私と由美は宿泊先に戻った。

翌朝、宿泊先のロビーでもう一度ヒーリングし、夕方、私が家に帰ったときに電話すると約束して別れた。

二ノ七　腎臓病が治った

6月28日夕刻、小倉のアパートに戻り、すぐに北海道に電話をした。通訳さんはすぐに電話に出た。

「家に戻ったところです。今から、今朝ロビーで行ったのと同じようにヒーリングパワーを送ります。さっきと同じように私があなたの横に座っていて、私の右手はあなたの腎臓にあるとイメージして下さい」左手で受話器を持ったまま、右手を彼の腰に当てているとイメージしながら私はヒーリングパワーを彼に送った。

「何か感じますか」と私は彼に尋ねた。

「すごいです、先生。さっきホテルのロビーでヒーリングしていただいたのとまったく同じ状態になってます。すばらしいです」と彼は感激している。

「このまま20分、ヒーリングの体制に入りますので一旦、受話器を元に戻してください。そして20分たったらあなたの方から私に電話してください」私はそう言って自分の電話を切ってヒーリングを開始した。だが20分たち、30分過ぎても患者さんからは電話がなかった。その間に私は旅の荷物をほどき始めていた。ヒーリングを止めて20分以上過ぎただろうか、やっと電話のベルが鳴った。電話の声は確かに患者さんであるが、何か寝ぼけたような声である。

「先生、ほんとにすばらしいです。私のすぐ隣りに先生が居る感じです。あたたかくてー、気持ち良くてー、寝ちゃったようです」と彼が言う。

「ヒーリングがよくわかったでしょう」と私。「明日もやってみましょうか」と私は彼に提案した。翌日のスケジュールを決めて、今度は通訳さんの方から電話してもらって、その時点からすぐにヒーリングすることに決まった。

こうして、福岡県の片隅から、北海道へのヒーリングが始まっていった。その距離は直線距離にして約１４００キロである。28日から一週間、毎日決まった時間にヒーリングをした結果、患者さんの体に大きな変化が現れてきた。基礎体温が上がったと言う。そこで二週目に入ったところでヒーリングを二日に一度というインターバルにすることを提案した。ただし、体に不調を感じた場合はいつでも電話してきてよいというルールを作った。しかし、二週目は一度も不調を訴える電話は入らず、決めた通りに二日に一回というヒーリングのペースは守られたままになった。そんなある日、患者さんからうれしいニュースが伝わってきた。病院の検査の結果が出て、数値が良い方向に向かっているという。数年来、その数値は変わらなかったのであるが、手術以来、初めて数値が下がったらしいのである。

「奇跡が起こってます。先生！」と患者さんの興奮した声が電話から伝わってきた。

ヒーリングは三週目に入り、週に二回のヒーリングを提案してみた。ただし、体調が悪いと感じたら、すぐに電話してくれるように私は再び言った。しかし、そのイレギュラー電話はなく、四週目に入った。週二回のインターバルはそのままにした。すると、また患者さんから病院の検査結果の話が報告された。数値が下がり続けていて、主治医が不思議に思っていると言う。

「主治医に事の次第を言った方が良いでしょうか」と患者さんが言ってきたので私は、それは止めておいた方が良いとアドバイスしておいた。医者の中にはヒーリングパワーを知らない人がいるからである。

6月27日の最初のヒーリングから一ヶ月がたって、私はヒーリングのインターバルを週一回ということで提案し、患者さんの了解を得た。それと、家庭の中では、奥さんや子どもさんに手翳しや手当のヒーリングをしてみることを提案しておいた。ただし、あくまでも家庭の中だけでヒーリングすることと、患者さんのお母さんに限ることを約束させた。友人たちにはまだヒーリングしないようにすることを言っておいた。彼の親友たちが彼から遠ざかってしまうことが有り得るからである。そんなある日、また患者さんから尋常ではない電話があった。

「先生！　息子の喘息《ぜんそく》が私の手翳しで治りました。女房はヒーリングパワーですごく元気になってます」と言う。明らかに患者さん自身がヒーラーになってきているのである。

「でかしたー、その調子だー」と私は返答した。患者さんのお母さんは彼のヒーリングで大変喜んでいると言う。ヒーリングパワーは意識レベルにおけるエネルギーであるため、その気になれば誰でも発現するのである。特に「愛」のレベルでは非常に有効な、かつ安全な病気治しのエネルギーである。ただし、そのことを知らない人々に対しては実行しない方が良い。気持ち悪く思う人たちが現に存在しているのである。

8月の中頃であった。患者さんの元気な電話の声である。

「ヒーリングのおかげで免疫抑制剤の副作用がまったくなくなりましたー」と言う。

「そいつはもう必要ないってことだろう」

と私は返答した。

「それで9月に仕事を入れました。カナダかアメリカに視察団の通訳で同行します」と言う。

「出発の前の日に電話してください。ヒーリングしておきますから」と言って電話を終わった。その後、彼はダラス、フォートワース周辺に行くとわかった。日本との時差は11時間で完全に昼と夜とが逆転する。例えば日本で午前10時は現地で夜の9時である。

彼がアメリカに出発してから私の右手に不思議な事が起こり始めた。毎日、午前中のある一定の時間がくると、右手がむずむずしてくるのである。その時間はいつも患者さんにヒーリングをしていた時間帯だった。

やがて、通訳さんから電話が入った。今、千歳空港に着いたところですと言う。

「お帰りなさい」と私は言った。

「とってもすばらしい旅でした。案内をした人たちが皆すごく楽しい人たちで、いっしょに酒を飲んだり、おいしい物をたくさん食べてきました。あーそうそう、薬飲むの忘れてまして、全部持ち帰りました」と通訳さんの元気な声がひびいていた。ステロイドが必要なくなったのである。

＊右文章中、福岡から北海道にヒーリングしている話は、本当はこの患者さんの守護神が彼をヒーリングしていたのであって、私のヒーリングではなかったことがずっと後になってわかった。つまり、遠隔ヒーリングは存在していない、ということがわかった。

２０１９年夏に記す

第三章　ヒーリングパワー

＊ヒーリングパワーや超能力の源泉はどこにあり、どのようなメカニズムがそこにはあるのだろうか。同じ病なのにヒーリングパワーによって治る人と治らない人がいる。それはなぜだろうか。そのような問題を考える上で、どうしても知っておかなければならないことは「人間とはそも何か」ということなのである。

そこでこの章ではこの点に話を絞り込んでみたいと思う。

三ノ一　三身一体

「三位一体」と書けばこれはキリスト教の教義である。この本ではあえて「三身一体」と書くことにする。なぜなら人間は肉体と精神とたましひとの三つの身から構成されているからである。肉体という目に見える部分と、精神（＝心）という目には見えないけれども確かに存在している意識エネルギー、ならびにたましひというエネルギーの塊の身との三つの身が一体となって人が人たり得るのである。

精神や感情は「心」と言ってもよいが、神経系統や脳細胞のことではない。神経は神経細胞の連《つら》なりであって肉体の一部であり、脳は脳細胞の集合体で、これも肉体の一部である。その脳が精神を作り出しているのではないし、物事を考えたり、創造をしているのでもない。脳細胞がコンピューターのように演算しているのではない。

精神すなわち「心」とは、自我とか自意識あるいは自分ということと同じである。自我、あるいは自意識は「たましひ」の一部分である。セスは「意識」とはたましひの諸機能の内の一つであると言っている。

本節では魂という漢字を使わず、あえてひらがなでたましひと書いた。「たま」とは丸い玉のことで「し」は繋げるの「し」の意味で「増える、広がる」という言魂（ことたま）である。「ひ」は漢字では日、火、光などと書くようにエネルギーの、ある状態を示す言魂である。通して書けば「丸い玉、増えるエネルギー体」ということになり、これがたましひの意味である。ここで言う丸い玉のエネルギーとは神の姿のことである。

「かみ」の言魂は「隠れている身、輝く身」という意味でその姿は『あしたの世界』の最初の本の162頁に示した。また『21ノストラダムス』シリーズの表紙カバーにも示している。それは人間の姿とは似ても似つかない、純粋エネルギーの塊である。つまり人の「たましひ」とは神のエネルギーから分かれたエネルギーという意味である。神道や古神道では「人の魂は神の分け御《わ》たま《み》である」という。分け御たまを分霊《わけひ》と書くこともある。以上言魂は荒深古神道に依っている。荒深古神道については最初の『あしたの世界』とそのＰ（パート）2に詳述した。

たましひは人の肉体から出たり入ったりを繰り返している。出ているときを幽体離脱という。幽体離脱している肉体はまるで金縛りになったように自分の指一つ、瞬き一つできない。従って肉体はたましひによって動かされていると分かる。人は毎日睡眠をとるが、熟睡しているときは幽体離脱をしているときでもある。つまり人のたましひは毎日肉体を出て、何事か仕事に出かけているのである。幽体離脱したたましひには感情も理性もあり、非常にむずかしい数式もすらすらと解ける。また肉体にある、目の機能もあるし臭覚も聴覚もあるので、脳細胞が計算しているのではないことが分かる。あらゆる精神作用、心、自我意識はたましひの諸性能の一つであることが分かる。肉体がまったく機能しなくなって生物的な死を迎えると、たましひはその肉体から完全に幽体離脱して元来たところへと帰る。しかしそのたましひは肉体を持っていたときの感覚や感情をそのまま持っているのである。つまり「自分は死んでない」という感覚になる。

科学者は自ら作り出した物質科学の狭い枠組みからそろそろ脱して、もっと広い視野を持たなくてはならない時期に来ている。医者もしかりだ。人を全体的に理解すべき時に来ている。人は諸器官の部品が集まった機械ではないのである。

さて、超能力は肉体が持っている力ではなく、意識レベルのエネルギーなので、たましひが本来持っている機能の一部であると分かる。ヒーリングパワーはたましひが持っている通常の性能の一つということなのである。

たましひは神のエネルギーの一部であるため、元の神と常に繋がっている。その関係を絶つことは不可能である。超能力やヒーリングパワーはたましひを介して神のエネルギーと大いに関係している。つまり超能力やヒーリングパワーは神性なのである。

たましひが神性であるのと同様、肉体もまた神性である。肉体の設計図はＤＮＡである。筋肉や骨格、神経細胞はＤＮＡによって作られていくが、嫉妬心や創造力は精神に属していてＤＮＡに関係していない。つまりＤＮＡのＯＮ、ＯＦＦによって嫉妬心の回路が作られるわけではない。嫉妬心は幼児性の現われである。大人の中に隠れているインナー・チャイルドの精神構造だ。

ＤＮＡはサムシング・グレート（何だかわからないが偉大なる存在）が作ったものに違いないと言っているのは筑波大学名誉教授の村上和雄博士である。その村上先生には先生の講演会のときに何度もお会いすることができた。

'06年の12月、村上先生と医学博士の土橋重隆医師との二人の講演会が福岡市の大ホールで開催された。ちょうどその時、土橋医師は彼の二冊目の本を徳間書店から出版したところであった。その本の題名は『ガンを超える生き方』で、本の帯には「心を変えればガンが治る」と村上先生が推薦のことばを書いていた。講演会が終わって懇親会に入り、アルコールが入って少々口が軽くなっていた私は村上先生を前に、

「サムシング・グレートとは何事ですか。何だかわからないが何か偉大なる存在ではなく創

造主のことですよ。創造主という概念は世界共通のことなんです」と食ってかかった。すると村上先生は、

「池田君！　それ以上言わんでください。池田君の言いたいことはよくわかってるんだ」と言って私の発言を遮った。先生はなぜ「サムシング・グレート」なる言葉を使ったのかを私に説明してくれた。真剣な先生の説明で私は酔いから覚めた。

この後、土橋医師はソフトバンク新書から『病気になる人、ならない人』を出版した。この本の中で彼は内的要因で起こる病気は心の有様が真因であると書いている。だから病気にならないようにするには心を変えれば良いとして、その心を問題としている。内的要因で起きる病気とは、高血圧、内臓肥満、糖尿病、高脂血症やガン等のことである。

人の肉体を研究する部門は医学であり、精神を研究する学問は心理学、魂を研究する部門は神学というように学問は人を大きく三分割して専門化されてきた。さらに医学は大きく分けると、外科、内科があり、内科は消化器官系と呼吸気器官系、泌尿器官系、さらにそれぞれの内臓別に専門医がいる。総合病院に行くと覚えきれないほど厖大な数の専門医科がある。何か変ではないかと感じるのは私一人ではないだろう。効率性という観点から、学問は細分化に細分化を重ねて研究が進んできた。それはそれで必要があってのことであった。人の肉

体をまるで部品が集まって出来ている機械の如くに見る習慣は、マルクスの『資本論』なる唯物史観に原点がある、と私は思っている。

私は学生時代に大学の図書館に入りびたり、マルクスの『資本論』を全部読んで呆れかえった。『資本論』は間違いだらけであることに気が付いたのである。マルクスは人間を魂や精神がない「動く機械」と見ていたのである。カール・マルクスは彼の肉体が終わりを迎え、魂がその肉体から離脱したとき、自分がまだ死んでいないことを発見してうろたえ、びっくりしたに違いない。肉体から離れた彼は、魂だけになったとき、そこでは感情もまだ有り、数式による計算もでき、記憶も残っていて、創造性を表現できることを理解して、今しがた完成させた「資本論」が間違いだらけであることを悟って後悔したに違いない。しかし彼が書いた本は世界中に拡がって、共産主義を生み出し、人類を大戦争へと導いたのである。現代文明の根幹たる科学は「資本論」に裏打ちされて発展を遂げた。ところが科学が発展すればするほど新しい病気が次から次へと生まれ、病人は増え続け、地球は破壊されている。今や医療費は36兆円を超えた。

人は肉体と精神と「たましひ」との三つの身が一体となって初めて人たり得るのであるから、医学、心理学、神学は一人の人間の中で統一されなければならないことは明らかである。

ヒーリングという観点から、バーバラ・アン・ブレナン博士は自らの中で東洋医学も含めて、医学、心理学、神学をみごとに統一させることに成功した。しかもヒーリングを教える学校まで設立した。今やヒーリング自体が科学となったのである。神秘のベールに隠されていたヒーリングの技術は、白日の下にさらされることになった。

三ノ二　精神の芽ばえと拡大

「たましひ」は神の分け御たまであるから、人が生まれてくる前から存在し、肉体がその役割を終わった後も存在し続ける。すなわち魂は永遠に存在し続ける。

「たましひ」は神界あるいは幽界からこの三次元世界に入る時、川を渡る。川には橋がかかっており、現界に入る手前の橋のたもとにはスープを配る老婆が居る。川は現実の川ではなく、幽界と現界を区別する象徴としての川である。橋もまた同じく象徴であるが、自身の足で歩いて渡らなくてはならないルールがある。スープはこれを飲むと前世を忘れる。前世だけでなく、幽界や神界に居たことも忘れる。何故このような仕組みになっているのかというと、新しい肉体を得るには新しい気持ち、すなわち新しい精神がどうしても必要で、前世にこだわってはいけないからである。生まれ育ってその時代を切り開いていくためには、前時代の記憶はかえって邪魔になる。例えば戦国時代に生きた知恵は民主主義の時代には不要となるかもしれない。人は文明と共に常に進化していかなければならないのが宇宙全体のルールであり、逆は不可である。人は神の共同創造者である。

たましひが人と化す前、そのたましひは自身の意志だけで人となることを決めているのではない。人になるためにはまず神にその願いを申し出て、次の人生の計画を認めてもらわなければならない。その神は幽界《かくりよ》の大君《おおきみ》と呼ばれ、人のたましひの管理者である。その幽界の大君の許可がなければいかなるたましひも人として降りてくることはできない。その神の名は、日本では出雲の大国主神である。たましひが人となること自体が神性なことなのである。たましひに人となることの許可が下りると、そのたましひは両親のたましひと会って許可を得ることになる。この時、両親はすでに人となっているが、人のたましひは常に幽体離脱することは前節に書いた通りである。

両親のたましひと、子となるべきたましひとは、そのたましひのレベルで面会して互いに了解を得ることになる。

たましひはスープを飲んで橋をわたり、いよいよ宮に入る。宮とは子宮のことである。そして、そこにも神性がある。たましひは胎児のDNAと自動的に結ばれるわけではない。産土神《うぶすながみ》が存在しており「たまつめむすび」を行なう。産土神とは人を誕生させる様々な霊的機能を担当している神で、いわば霊的レベルにおけるゴッドマザーのことである。子の誕生はその全プロセスにおいても神性なできごとなのである。

赤子として誕生し、新しいボディを得たたましひは、予め計画してきた人生に向かって肉体を作り、精神を作る。生まれてきた時代に適応できる精神構造を構築していくのである。それも自分一人で全作業を行なっているのではなく、そのたましひの友や天使たち、守護霊、守護神から多大な支援を受けながら成長していくのである。こうして新しい人格が形成されていくが、これが自我、あるいは自意識の芽ばえとなる。この新しい自我、自意識は大いにそのたましひの霊格を反映しているものである。同一の両親から生まれる多くの子どもたちが、皆違う人格を持っているのは、その子たちに宿っているたましひがそれぞれ異なっているからである。例えば四人兄弟がいたとする。その四人兄弟は一人ひとり別の人生計画を持ってくるので四人とも異なる人生を送っていくことになる。

自我が確立する直前に幼子が超能力を発揮する場合がある。これは宿っているたましひの性能に大きく影響されているためで、通常の人には見えない光景を見たり、聞こえないはずの声を聞くことができたり、あるいは天使たちと話しをすることもある。異次元空間に入り込んでしまう時もあるが、これはこの世界がパラレル・ワールド（平行宇宙）になっていることと関係している。又、未来の光景を見たりするけれども、こうした現象は自我意識の拡大と共に通常は薄れていく。「通常は」という言葉を使ったが、人によっては超常現象をずっと体験し続ける人もいる。ただしそういう人たちも周囲の大人たちが持っている常識の意識範囲の中に自らを埋もれさせ、本来もっている性能を隠してしまう。そうしなければその時代の中で安全に身を置くことができないからである。こうした傾向は高校、大学の時代を通じてますます進む。その時代の「常識」と考えられる学問体系の中へ、自らの意識を閉じ込めていく。そのようにして自我が、一見して確固たる者のように形作られていく。

一般社会に入ると、そこには文明全体を支配するその時代の枠組、社会制度が必ずあって、人々はその枠組の中に自らの意識、自我を閉じ込める。その枠組から少しでもはみ出してしまうと「異端者」としてのレッテルが張られることになり、肩身の狭い思いで孤独に耐えて生活しなければならなくなる。

かくして自我、自意識という精神が人生の前面に現われ、活躍するようになるのと反比例して、たましひはまるで存在していないかの如く後ろに引っ込んでいく。「見えない世界」

は存在していないと、強く思い、それが信念となるに及んで、人々は「死んだら全ては終わり」と思いこむようになる。

しかしながら世の中には例外的な事態があるものである。バーバラ・アン・ブレナン博士はNASAで著名な仕事を成し遂げた後で、子どもの頃に体験した事をもう一度発現させて、これをヒーリングという技術に生かしたのである。大人になってから超能力、高性能を発現させる人もいるということなのである。幼少のころから結婚に至るまで極く極く普通の子であり続けた人が、ある日突然、超常現象の真っ直中に放り込まれ、その体験を通じてみえざる世界に目覚める人もいる。例えばメアリー・スパロウダンサーもその一人である。彼女は『光のラブソング』という優れた本を書いた人で、この本は2007年秋に出版されている。訳者は藤田なほみである。

三ノ三　たましひ

自我意識、精神、心が確立していく全プロセスを見れば、それが「たましひ」のなせる技《わざ》だと分かる。それ故に意識はたましひの諸機能の一部だと分かる。

超能力も「たましひ」の能力の一部であるが、多くの人々にとって潜在的になっている機能でもある。この潜在意識を現在意識に持ち上げることによって超能力を普段の生活の中で生かすことができるようになる。「潜在意識」を現在意識に持ち上げるとはどういうことかというと、まさにそれは「思う」ことによってなされる。超能力など自分には無いと決めつけてしまえばそれで終わりだ。逆に超能力は有ると思うことによってその能力は出現してくる。それは意識エネルギーであって肉体的な能力ではないからである。滝に打たれれば超能力者になれるというものではない。「思い」は実現するのである。例えばバーバラ・アン・ブレナン博士のヒーリング技術など自分のような者にはできないと思えば、それで終わりだが、博士も自分も同じ人間なのだからきっと自分にもできるようになるに違いないと思えば、いつしか博士のようになれるのである。

さて「たましひ」はエネルギーのことだと本章の始めに書いた。この件については『あしたの世界　P3』の47頁以下に次のように述べている。

①エーテル体の場……生命の場であり、原子、分子、細胞、器官を支配し肉体を生み出している。

②メンタル体の場……精神・心を生み出す。エーテル体の場と共存している。
③コーザル体の場……エーテル体の場とメンタル体の場を生み出す。
④アストラル体……肉体はアストラル体が物質化したものを言う。どれほど短時間でも肉体を離れることはない。

このうち①〜③は『わが深宇宙探訪記』の上巻125頁〜126頁に記されており、④は『セスは語る』の185頁に記されている。これらのエネルギー体は電磁的エネルギーを帯びている。

『わが深宇宙探訪記』は現在、復刻され『オスカー・マゴッチの宇宙船操縦記』と改題されて再出版されている。この本では169頁にエーテル体の場以下の説明が書かれている。

「たましひ」のエネルギーはエーテル体、メンタル体、コーザル体、アストラル体等の電磁的エネルギー場によって形成されている。これを一般的にはオーラという。そのオーラをバーバラ・アン・ブレナン博士は〝生命エネルギー（バイオ・エナジー）の場〟と言ったり、

〝ヒューマン・エネルギー・フィールド（略してＨＥＦ）〟と定義され『光の手　上下』に詳述している。その『光の手　上巻』の１０７頁以下に次のように書かれている。

エーテル体はエネルギーと物体との中間の状態で、いわば「プラズマ」であり、全ての解剖学的な部位と全ての肉体器官を含む物質的肉体と同じ構造を持っている。又、有形物質としての肉体組織が形になり、定着するための基礎となるべき明確な構造を持った力のラインである。エーテル体は、灰色ないし青く見えて、肉体の表面から１センチから３センチに伸びている。これがオーラの第一層目である。この一層目は人によってはもっと大きく広がっているケースがあり、例えば５センチほどにもなっている人もいて、これはその人の生命力と関係があるようである。

メンタル体はすべての思考や精神プロセス、創造力と結びついており明確な構造体になっている。通常、頭や肩から出ている明るい黄色の光が体全体に伸びているように見える。精神的な仕事などに集中するとメンタル体は拡大し、明るさも強くなる。それは肉体の表面から約7.5センチから20センチくらいまで広がっている。メンタル体はオーラの三層目にある。それははっきりした構造を持つ第一層目のエーテル体と第三層目のメンタル体の間にははっきりした構造体を持たない第二層目があり、バーバラ・アン・ブレナン博士はこれを、エモーショナル体（＝感情体）と定義している。この第二層目は肉体の表面から2.5センチから7.5センチの巾まで伸びている。絶えず流動的に動いている微細な物質でできた色のついた雲のように見えるとブレナン博士は述べている。博士にはその様子が見えているのである。

アストラル体はオーラの第四層目を構成している。その先端は肉体の表面から15センチから30センチほどのところにまで伸びている。この層は第二層のエモーショナル体と同様に、無構造でエモーショナル体のものよりもさらに美しい色の雲状のものでできているという。

コーザル体は肉体から約75センチから１０５センチほどのところまで伸びており、金色の卵形で構造的に存在している。オーラの第七層目に位置し、外側のエッジは厚みが約６ミリから13ミリくらいの黄金の卵の殻のように見えるという。この第七層のコーザル体と四層目のアストラル体の間に五層目と六層目との二つの層があるとブレナン博士は述べている。そこで博士は第五層目をエーテル・テンプレート体と、第六層目をセレスティアル体とネーミングしている。

第五層目は第一層目のエーテル体の設計図で写真でいうところのネガに相当している。この機能は『深宇宙探訪記』に書かれているコーザル体の機能の一つであるが、バーバラ博士はあえて、第五層目として定義し直していると分かる。

第六層目は第三層のメンタル体の設計図ということになるはずである。第五層目は肉体の表面から45センチから60センチ位のところにまで伸びており、第六層目は60センチから80センチにまで伸びているという。

神智学ではオーラは七層あると教えているところから、ブレナン博士もそれと調和させてオーラを七層に分析しているのだろうと思う。私などは実用的観点から前述の①〜④の四層の話で十分と思うが、いずれにせよオーラが科学的に明らかに存在しているということが理解できるであろう。

手翳しのヒーリングでは患者の患部のすぐ上、3センチないし5センチの空間に手を置いてヒーリングパワーを注ぐのだが、これはオーラ第一層のエーテル体を治しているということが分かる。つまり直接、内臓や怪我の部位を治しているのではなく、乱れたオーラの波動を修正しているのである。その結果、肉体の痛んでいる部位が治るということなのである。肉体の部位を直接治していない、つまり、患者の体に触れていないので医療行為ではない。従って医師法等の法律外の出来事と言っても良いであろう。手翳しの場合、手を長い時間同じ空間に置き続けると腕全体の筋肉が疲労してくる。そこで患者が着ている衣服に軽く触れるところまで手を近づけるいわゆる「手当て」の方法が楽であるが、これでも患者の肉体には直接さわっていないので医療行為とは認められないだろう。

オーラは電磁的エネルギー場によって形成されていると先に書いた。従ってそのエネルギー場は波動でもあるのだ。波動なのでヒーラーの手の筋感覚に影響を及ぼすことになる。ヒーラーの手は患者の患部に近づくとヒリヒリ、ピリピリした感覚を覚えるのである。

三ノ四　ヒーラーの手

ヒーラーの手はまるで患部を探し当てるセンサーのように、その筋感覚によって働き始める。それからほんの少しの間に手からヒーリングパワーが患部に注がれていく。この時、ヒーラーの手は熱くなり、やがて体中が燃えるように熱く変化していく。宇宙エネルギーが体中のいたる所から入ってくるからである。バーバラ・アン・ブレナン博士はこの宇宙エネルギーをユニバーサル・エネルギーと定義し、ヒューマン・エネルギーとは区別している。博士が言うユニバーサル・エネルギーと、私が言う宇宙エネルギーとはまったく同じ話である。その宇宙エネルギーは宇宙全体に遍満していることは『あしたの世界』シリーズに書いてきた。ブレナン博士によると、その宇宙エネルギーは、創造主が発する愛のエネルギーだという。そのエネルギーがヒーラーの体中に入ってくると、ヒーラーの意識によってヒーリングパワーに変換される。ヒーラーは変電所のようなものである。ヒーラーの体が熱くなっているとき、患者側も同じく熱くなっていて、「まるで温泉の中にどっぷり浸かっている感じで気持ちが良い」という反応ならば、その患者の病気は治る方向に向かう。反対に「熱くて気持ちが悪く、苦しい」という場合は、患者の体から不必要なエネルギーを吸い取ってあげる必要がある。

さて、宇宙エネルギーに満たされているヒーラーは「腹がへらない」し、疲れない。疲れるというよりは同じ姿勢を長い時間とり続けるため、筋肉痛になりそうである。そんなときには手は患部に置いたまま体を動かして気分転換する必要がある。ヒーリングをする人の中にはヒーリングするとすごく「腹がへる」という人が居る。そういうことを言う人というのは気功をしている方が多い。自分のエネルギーを使っているからそのようになるのである。自分のエネルギーとは生体エネルギー、バイオエナジーのことだ。気功をやっている人の中でも達人の域に入った人は自らの気を使うのではなく、宇宙エネルギーを使うようになる。有限の自己エネルギーを使うより、無尽蔵の宇宙エネルギーを使うほうが良いに決まっている。気功は肉体を動かすので良いことだと思える。特に呼吸を整えながら体の各部の関節をスムーズに動かす運動は、体の気をスムーズに各部に運ぶので細胞が喜ぶようだ。気は関節の悪いところで滞る。この意味でヨーガも同様の効果があるに違いない。

人の細胞は地球にある物質によって作られている。従って細胞も地球の波動と同じ波動を持っている。エネルギーは波動でもある。大地にしっかり根を張って生きることの大切さがここにある。大地のエネルギーをしっかりと体に通して生きると病気になりにくいのではないだろうか。この意味で気功やヨーガが病気の予防に大変有効と考えられるところである。ただし、人は肉体と精神（心）とたましひの三身一体の存在なのであるから、いかに気功やヨーガを美しく演じていても、御法度の心いっぱい、形だけの達人ではそれをする意味がないだろう。私は気功やヨーガで修行をした結果、ヒーリングの道に入ったのではない。それどころか生涯を通じて気功もヨーガもしたことがない。ヒーラーにとって心のあり様がいかに重大か分かるであろう。ヒーラーの手から出される波動は「愛の波動」に満ち満ちていなければならないのである。ブレナン博士が言うように宇宙エネルギーは創造主が発する愛のエネルギーだからである。ヒーラーはそこに同調していなくてはならない。そのために「洗心」していなくてはならない。「洗心」しようとするとその者の波動が上がり、愛の波動に近づく。すると創造主の波動にだんだん近づいていくという順序である。

潮文社刊『シルバー・バーチの霊訓　全12冊』近藤千雄《かずお》訳の中でシルバー・バーチはヒーリングについて多くを語っている。その内の（一）第七章で以下の話が展開されている。


一口に心霊治療と言っても、内面的に見れば磁気（マグネチック）的なもので生理的と言えるものと、心霊（サイキック）的ではあっても霊的とは言えないもの、そして霊による最も程度の高いもの、すなわち治療家と霊界の医師との波長が一致し、しかも患者の治るべき時機が熟している時に、治療家が一切手を触れずに一瞬のうちに治してしまうものがあります。健康体のもつ磁気だけでも治る場合があります。その時は霊界とはなんのかかわりもありません。その方法と霊的方法との中間的なものがサイキックなもので、遠隔治療と呼ばれているものはたいていこれによります。その上にあるのが、治療家を通して霊界の医師が症状に応じた治療エネルギーを注ぎ込むやり方で、患者の身体に一切触れずに一瞬のうちに治します。

シルバー・バーチはヒーリングについて大きく分けると三つのパターンがあると言っています。

まず第一のパターンは「磁気（マグネチック）的なもので生理的とも言えるもの、霊界とは何のかかわりもない方法」である。これは多くの気功師が使っている手法でもあると思う。この文の中で「生理的」と訳されている部分は生体（バイオ）エネルギーとすればより理解されやすいだろう。

極度に痛む肩凝りや腰痛に対して行う私の「手当て」は主にこの第一のパターンと考えられるが、使っているエネルギーの源は宇宙エネルギーである。霊界とは何のかかわりもない。しかし脱臼等、骨の故障には極めて効果的である。また背骨の側湾を治すときにも使える手法である。カイロプラクティク治療（生体治療）は痛みを伴うが、手当によるヒーリングパワーは痛みを伴わずに骨を元の正しい位置に戻すことができる。バーバラ・アン・ブレナン博士流に言えば、患者のヒューマン・エネルギーフィールド（ＨＥＦ）の第一層目、エーテル体にヒーリングパワーを送り、ＨＥＦの傷ついている部分を修正する。するとそこに対応する肉体の患部が治る。という話になる。

第二のパターンは「心霊（サイキック）的ではあっても霊的とは言えないもの、遠隔治療と呼ばれている方法」である。意識エネルギーを遠くの患者の患部に送って病気を治す手法で、これは前章の後部に書いた北海道の患者さんの例で明らかである。意識エネルギーは物質になる前の光のエネルギーで、波動であると同時に粒子的ふるまいが起こっているのである。どういう事かというと､素粒子の性質と同じ話なのである。量子力学的ふるまいをする。

物質は原子によって作られているが、原子は、陽子、中性子によって作られる核の周囲を電子がものすごい早さで廻っているエネルギーのある状態である。この内、電子を強力な電磁エネルギーで取り除いて、陽子や中性子、それ自体を解体すると素粒子が現れる。素粒子はさらに色素という光のエネルギーで構成されている。これが物質となる以前のエネルギーである。こういう精妙なエネルギーの素粒子や色素は何十万キロ離れていても同じ行動をとる。意識エネルギーはそういった素粒子や色素と同じレベルのエネルギーなので、遠隔ヒーリングが可能になるのである。このヒーリングはまだ霊的ヒーリングとは言えないことになる。シルバー・バーチが言っている通りである。そこでシルバー・バーチの言う三番目のパターンに話を移そう。

最高のヒーリングは霊界の医師が行なうヒーリングであると言う。'05年7月11日に私の胃潰瘍を治してくれたのが聖霊の医師団であったことは自覚しているのであるが、他に具体例が無いだろうかと長い間思い続けていた。

'07年秋に出版されたメアリー・スパウダンサー著『光のラブソング』の中で、彼女の守護神がメアリーのガンを治す場面が書かれている。以下は第四章の抜き書きである。

1988年9月12日の午前4時頃、人生で一番暗い夜が突如として終わりを迎えた。顔を照らす眩しい光に目が覚めたのだ。

ベッドの約6フィート上に漂っていたのはまん丸い光の球体だった。大きくて直径は7フィートもあっただろうか。それはゆっくりと右回りに回転していた。ぐるぐると渦を巻きながら、球体の内部から外側に向かって光りのウェーブが放射され、最初のうちは淡い雲霧のような光が私の身体を撫でるように流れていたが、次に光は私の身体を直接通り抜けていった。

私は光が連鎖球菌に感染した部位に触れるのを感じた。外れた椎間板に触れるのを感じた。さらには痛む親知らず、腹痛性インフルエンザ、そしてものもらいに触れ、それぞれの症状を治していくのを感じた。それから光は、あたかも心のどこを探せばいいかを知っていたかのように、私の絶望感をも見つけ出して、同じくそこにも触れた。残るは、気管支炎と鼻の腫瘍だけだった。（151頁）

つい先ほどまで物理的な肉体に宿っていたはずの私は、一瞬にして自分の肉体からするりと抜け出していた。それでも意識はしっかりとあり、元の体形も保ったまま、完全なライトボディになっていることに気が付いた。身体を見てみると、髪の毛や指、そしてつま先もあった。しかしすべてが黄金の光によってできていた。しばらく天井近くにふわふわ浮いたままの状態で、私はベッドの上で身動きもせずに横たわっている自分の肉体を見下ろしていた。（155頁）

球体中核部の光が、燦然《さんぜん》としたきらめきになるまで強さを増し、そのエネルギーは私の知るどんなものも凌駕《りょうが》するほどだった。部屋の中の、私が横たわっている場所から6フィートと離れていないところに浮かんでいたのは、太陽よりも明るく、これまでに見たどんな光よりも強烈に輝く光の球だった。それは燃焼しない火であり、私はそれから目を逸らすことができなかった。（164頁）

球体を見ているうちに、突然私は内側で動いているものが見えるようになった。いまだに震える手で涙を拭いながら再び球体を見た私は、自分の目にしたものが信じられなかった。（167頁）

光の球体の中に、一人の男が立っていたのだ。（168頁）

以上のメアリーの文章の中にシルバー・バーチが言っている最高のヒーリング場面が描か

れている。

さらにバーバラ・アン・ブレナン著『光の手　下巻』のイラスト、図22～21と図24～6にはブレナン博士の周囲に聖霊が来ており、その聖霊の手がヒーリングしている場面が描かれている。ヒーリングは、ヒーラーがヒーリングしているのではないと。

三ノ五　光のラブソング

この本の著者メアリー・スパロウダンサーは現在フロリダのマイアミに住んでいる。同じマイアミに住んでいるバーバラ・アン・ブレナン博士とは友人関係にあると博士が言っている。このことは訳者の藤田なほみさんが3月19日に通訳してくれて確認した。メアリーは信じられないような数々の超常現象を体験しながら、やがてヒーラーとなっていく。マイアミには二人の著名なヒーラーが住んでいるということになる。メアリーは欧米では多い名前であるが、スパロウダンサーとは少々風変わりな姓である。彼女はネイティブ・インディアンの血を引いているからであろう。その彼女の経歴を少し見ておくことにする。

臨床検査医療、細菌学、顕微鏡分析、脳波検査、鳥類学、人類学、古代史および古代文書

の調査。野生動物のリハビリテーター等々である。看護婦を勤めながら野生動物の保護官をしていたと想像できる。

私はこの本を一読してさっそく友人たちにこの本の内容紹介をした。そのときの手紙の文は以下のようであった。

この本は小説ではない。著者の身の廻りに実際に起こった出来事をそのまま記した書物である……、と、私は自分の様々な体験を通じて理解できた。

我々が目にし、音としても聞くことのできるこの物質世界、それを三次元世界と定義する。その三次元世界には同時に別次元の世界が存在している。また、過去・現在・未来は今この瞬間にも同時に存在している。この状態を平行宇宙（パラレル・ワールド）という。

著者のメアリーはこの三次元世界に生まれ、生活しながら、別次元の世界とこの世を往復している。その間、ある何者かに案内されて、人間とは何か、宇宙とは何かを学ばせられる。著者はその何ものかを「マスター」とか「教師」とかと表現している。その者は現実の人間そのものとして著者の目の前に現われたり、あるいはライト・ボディ（光り輝く体）で現われたり、又は、巨大なビー玉（＝ガラス玉）のような光の球体として現われる。

そのような現われ方をする存在は他にもいて、例えばノストラダムスに未来を見せた光り輝く人型の者もそうである。またオスカー・マゴッチ著『わが深宇宙探訪記』に登場するクゥエンティンさんも同じような存在である。

一般的には感知し得ない別次元との関わりをこれほど見事に描いてくれている本を私は未だかつて読んだことがなかった。一読をお勧めします。

人はそのままで充分霊的存在であり、たましひが分かれた大元の神、または神的存在とのつながりは絶対に切れないがゆえに、その大元は自らの分身たる人間を地球に一人で置きっぱなしにはしていないのである。そのことを意識していれば、大元の意識は常に我々を正しいところに導いてくれるものである。

人の肉体は物質世界（右の文では三次元世界と定義）に適応できるように設計されているが、たましひは神界に所属しているため、物質次元以外の別次元の光景を見たり聞いたりしている。ほんの時々、我々はそういった別次元に巻き込まれる時がある。そんな時には心を落ちつけて、自分が今見たり聞いたりしている事象が現実のものか、あるいは異次元の事象かを判断しなくてはならない。

一見して物質世界しかないと思えるこの地球上には別次元が同居しているのである。つまりパラレル・ワールドになっているのである。

超能力を開顕させると、当然のことながら別次元の世界も垣間《かいま》見ることになる。それまで見えなかった世界が見えてしまうのである。その事に関してまだ心の準備ができてない人は、ヒーリングや超能力の世界には入らない方が良い。特に自分以外のたましひや、たましひだけになっている方々と関わりたくない場合はヒーラーにならない方が良い。それでも、人間は肉体を持ったままで霊的存在であることは忘れない方が良いであろう。こうした情報は肉体を失なった時に大いに役に立つからである。

別次元と言えばカナダ人のオスカー・マゴッチは、この地球と別の宇宙との間を宇宙船を操縦して行ったり来たりしている。彼の著書『わが深宇宙探検記』は関英男博士没後6年を経て在庫が底を尽き、一般の読者には非常に手に入りにくい状況になっていた。

'07年初冬に明窓出版の増本社長がこの本の復刻本を製作する企画を私に打ち明けてくれた。そこでさっそく私は故関英男博士の魂にこのことを報告してみた。すると博士は「是非そうしてくれ」というサインを示してくれた。念のため訳者の石井弘幸氏にすぐ電話してみた。彼は東京のアメリカ大使館にまだ現役でお勤め中である。普通、彼は非常に忙しくてなかなか電話には出ない。出られないと言った方がよいであろう。しかし、この日はいつもと違っていた。石井氏はすぐ電話に出てくれて、復刻版の製作にはっきりと賛意を示してくれたのである。そこで私はこれらのことを増本社長に電話で話し、直ちに製作に取りかかってくれるよう頼んだ。

この復刻版は'08年春に『オスカー・マゴッチの宇宙船操縦記』と改題されて再出発することができた。

私は故関英男博士の最晩年の七年間、加速学園に通っていたため、関博士は私の行動パターンをよく理解されており、「使い方を知っておられる」と考えられる。又、石井弘幸氏は私以上に関先生との交流を深められていたため、関先生の波動に適確に反応するようになってしまったとも考えられるところである。右の電話の時、石井氏はデスクに居たのではなく、別の会議室に居て、そこから走ってきたと証言している。電話に石井氏が出たとき息を切らせ、「ぜいぜい」と発声しながらの応対であった。

ところでそのオスカー・マゴッチの本の中で、彼がトロントの上空で宇宙船の中に居たとき、宇宙船がその周波数を上げると、地球以外の星々が地球からはまったく見られない姿で見え、また元の地球次元の周波数に戻すと、地球が見えるという話を書いている。宇宙船が、パラレル・ワールドになっている地球とその周辺の空間をマゴッチに見せたのである。

周波数の違いを次元と言って、数学的な意味での次元ではないことを知っていただきたい。幽界、神界、その他の宇宙、過去・未来はそれぞれ周波数帯が違うだけで同じ空間に共存しているのである。そのことを『光のラブソング』やオスカー・マゴッチの本が我々に教えてくれている。マゴッチの本もそこに書かれている話は全て本当の事で、フィクションではない。このことはオデッセイ・メンバーたる私が証言するのである。

三ノ六　たましひの声

'06年8月26日、歌手のアイカさんのコンサートが北九州市戸畑区のウェル戸畑で開催された時の話である。アイカさんといっしょに東京から鈴木豊乃さんがピアノ伴奏のため来ていた。主催者は仰木塙壱さんという会社の社長さんだった。彼は会社の仕事をしながら、一方では近くの神社で神主の修業中の身でもある。コンサートは主に身体障害者や福祉施設に身を置く人々のために企画され、これは毎年一回開催されている。アイカさんはこのため年に一回は必ず北九州市に来るというスケジュールになっていた。会場は車椅子でいっぱいだった。

この日、由美が仰木氏に頼まれて総合司会を勤めていた。由美は29歳頃にアナウンサーの学校に通っていて、そこの先生から声優になることを勧められていたが、その仕事に入る前に重大な交通事故に遭っていた。仰木氏は由美の声のよさは知っていたが、脳脊髄液減少症とその症状のことは理解できていなかった。一見したところ、由美には体の異状は見えないからである。これは当時としてはしかたないことだった。脳脊髄液減少症なる概念はつい最近になってわかってきた症状だからである。当初私はこの仕事を引き受けることに反対した。長時間にわたる仕事の途中で由美の体が不調になった時の代役が居なかったからである。私の反対を押して行くと言うので、しかたなく私も付いて行くことになった。「いざ」となったらヒーリングパワーでなんとかしようという考えだった。

コンサートが無事に終わって私は早々にロビーに出た。その時、車椅子を押されて会場から出てきた重度の身体障害者が私のすぐそばに来た。手も足も動かすことができないようすだった。女性であることは着ている物からわかった。顔が天井を向いている。目は焦点が合っていなかった。一方の目は開かれてはいるが、会場の外側を見ており、もう一方の目はコンサート会場の方を向いているように見えた。

彼女が突然私に話しかけてきた。しかし、口は動いてはいなかった。「私、ここで絵を売っています」と、声は普通の35~36歳くらいの非常にしっかりした話し方で、彼女の姿からはとうていイメージできない。その声の主は続けて、「私、お話しができます。たましひがありますから。皆さんが話しておられることは全部わかっています。声が出せないだけなんです。アイカの歌声はとってもすばらしいワ。天使の声そのままですネ」と言う。

私は感激してどう受け答えしてよいかわからず、立ち止まったまま体が固まってしまっていた。彼女のたましひが私のたましひに話しかけて来たのだった。

アイカさんのサイン会が始まって、客がどっとロビーに集まってきた。私に話しかけてきた車椅子の女性は保護者と思える女性に押されて会場を後にした。

由美がロビーに現われて一冊の本を買った。その本の題名は『ありかのおもいあなたへ』となっていて、作者は藤亜里佳さんという。本は海鳥社という福岡市中央区の会社から出されていた。その本によると、亜里佳さんは生まれた瞬間から脳性マヒの障害をもっていた。1976年5月25日の生まれという。

言葉はたましひが持っている一つの機能だということが分かる事象だった。肉体の脳が持っている機能ではない。声帯は肉体の一部で声を発生させる機能を持っているが、そこを働かせる運動神経が麻痺し、声や言葉を発することができなくても、たましひは言葉を知っている。だからテレパシーによる会話が可能なのである。

夢の中で、亡くなったばかりの人が挨拶に来ることがよくある。親戚の人で生前に親しくしていた方もいれば、まったく親交がなかった方もいる。その夢の中で挨拶に来た方と話しをする。その時は声帯を使っていないので、言葉はたましひ同士の会話ということになる。肉体を離脱しても、たましひは言葉を持ち続けているのである。そのため、神示が可能である。ザ・コスモロジーの三代目になる城戸縁信先生が受けた神示を『あしたの世界　P3』に特集しておいた。

言葉は人間の発明品のように思われているが、元々は神々の発明によるものであるに違いない。たましひは肉体を持たずとも言葉を発するからである。この意味で言葉も神性であると言えよう。

第四章　専業主夫

四ノ一　小倉にて

次の文章は由美の日々の容体を私がレポートし、主治医に手渡した報告書である。由美の症状には脳脊髄液減少症の疑い有りとの私の主張である。このレポートはブレナン博士に出会うより前に作成し、主治医とも面談していた頃の文でそのままここに書き写す。

池田由美（旧姓　末廣由美）の容体について。文責　池田邦吉記（由美の夫）

一日のうち、昼間は4～5時間、少しだけ動き廻ることができるが、その他の時間帯では、ほとんど横になっているか、あるいは寝ている。この状態は体調が良い日の話で、悪い時には2～3日ずっと横になっている。良い時も悪い時もずっと、頭に庖丁が突きささっているような痛みが続いていると本人が言っている。

体調が良い日は、朝から良く晴れている日で、どんよりと曇っている日や雨の日は朝からずっと横になっていて、なかなか起きることができない。空がよく晴れていて、いつもよりは少々元気になっているときでも、突然頭の痛みを訴え始める。そんなときは必ず6～8時間後には雨が降ってきたり、寒気団が上空に来る。又、夏には、はるか南洋上で台風が発生している。6月から7月にかけての梅雨時は毎日動けない。体調の不良を訴え続ける。冬から春、夏から秋への季節の変わり目でも同様の状態。

台所の仕事はできない。まな板から発するトントンという振動音は頭部の古傷を刺激するようで、私が台所で料理を作り始めると、そこから最も遠い距離の寝室の一角でふとんをかけて横になってしまう。掃除機のモーターの振動も頭部を刺激するようで、由美が少しの間（ほんの時々）外出する時に、すばやく部屋の掃除をする。

私が日々、使っている電気カミソリのモーターの音も彼女にとっては困りものの一つで、全ての部屋のドアを閉じ、洗面所から音が漏れないようにしておいてから、電気カミソリのスイッチを入れることにしている。

アパートの階上からの振動や、隣りの部屋からの音も彼女にとっては苦痛の種のようである。同じ震動でも車の震動は問題がないようで、車の中ではよく寝る。

頭蓋骨の左半球、左目の横から水平に左耳うしろにかけて頭骨に損傷があるのではないか？　レントゲンには映らないような傷があるのかもしれない。そこから脳脊髄液がシミ出ているのではないだろうかと疑っている。

以上が主治医に渡したレポートの内容であるが、3月19日にバーバラ博士が頭骨のヒビをヒーリングパワーの糸で縫い合わせた箇所はもっと広くて右目の上部から始まり、左半球全体にわたっていたのである。そのバーバラ博士が超能力による手術をしてくれた後、4月26日に由美が外出しようとして帽子をかぶった途端、いつも使っていたその帽子がストンと鼻の位置にまで下がってしまい、びっくり仰天してしまった。頭部を測定すると頭の廻りが1・5センチから2センチほども小さくなっていたのである。

脳液が頭骨と頭皮との間を満たしており、その厚みは頭まわりで2センチほどにもなっていたのである。脳脊髄液減少症は明らかであった。

話を元に戻そう。私のレポートを受け取った主治医は事故当時の由美の写真を見せてくれた。何と1996年時の手術のようすが保存されていたのである。レントゲン写真ともども。由美の血まみれの顔は正視に耐えなかった。レントゲン写真には頭骨のヒビ割れが写っていなかった。

私のレポートを読んでびっくりした主治医は精密検査を提案してくれた。ただし、その病院には専門医が居ないので別の病院に紹介状を書いてくれた。由美が最初に運ばれた病院は北九州総合病院で小倉南区にある大病院である。主治医はその病院の名医で形成外科が専門であった。由美とのつき合いが長くなっているが彼女の母親もガンにかかったとき、この病院に入院したことから、主治医は母親が亡くなったことを知っていた。

故末廣洋子さん（由美の母）に頼まれて、ヒーリングのため初めて東京から北九州市を訪れたとき、最初に洋子さんと出会ったのがこの病院の病室であった。由美はそのとき、母親のベッドのそばでぐったりしていた。この当時、まだ脳脊髄液減少症という概念は一般的には知られておらず、由美の主治医も知らなかったと思われる。それどころか、こういう症状を研究している専門医がこの大病院には居なかったのである。しかし、由美は私と初めて対面したとき、自分は脳脊髄液減少症であるとはっきり言っていた。もちろん私はその病名を知らなかった。由美の両親も由美の言い分に耳を貸そうとはしていなかったのである。洋子さんと由美とに初めて会ったのは'04年12月6日であった。その時から脳脊髄液減少症という病名をはっきりと意識するようになった。

その後『生きて死ぬ智慧』という般若心経を解説した本がベストセラーになっていることを知り、私も狭山市の一般的な本屋で買って読んだ。著者は柳澤桂子博士であるが、その本の末尾に博士の病歴が書かれてあり、そこに博士が脳脊髄液減少症で苦しんでいるとあった。しかもその病名が診断されたのが'04年であったと記されている。

柳澤博士の「般若心経」は大ヒットし、NHKがこれを取り上げて放映した。その時、日常の闘病生活も写し出された。その症状は由美にそっくりだったのである。NHKはその後、脳脊髄液減少症だけを特集する番組を放映することになっていった。さらにこの病名は民放でも取り上げられ、一般の新聞でも特集されるようになっていった。

'07年秋にこの病気を研究する医学専門部会が立ち上がり、病名はようやく一般の医師たちも知るところとなった。そこで由美の主治医に私のレポートを渡そうと思い立ったのである。事故から11年以上が過ぎていた。

由美の主治医は私のレポートにざっと目を通してから確かめるように言った。

「普段の食事は誰が作っているんですか」と。私は次のように答えた。

「それは私が作っています。三度三度です。専業主夫やってます。夫はおっとと書きますが」と。

「由美ちゃん、とっても良い人とめぐりあったんですね」と主治医は由美の方を見て言った。

紹介状を受け取ってその病院を後にした。しかし、その日の内に次の病院へは行かないことに決めた。由美の容体が悪化しはじめていた。

四ノ二　精密検査

ＮＨＫが'05年にクローズ・アップ現代で「脳脊髄液減少症」を特集したとき、私はまだ埼玉県の狭山市に居てＶＴＲに納めた。それは今でも大事に持っている。その症状を初めて発見したのが国際医療福祉大学熱海病院の脳神経外科、條永正道医師たちであったらしい。放映中に條永医師が話しているのを聞くと、治療で完治できるのは十人に一人位という。その治療法はブラッドパッチと呼ばれる手法である。

由美の場合、怪我は頭骨でしかも両目に近いところにあるこまかなひびが原因で脳液が漏れていると思われ、そこにブラッドパッチという手法がうまくいくかどうかわからなかった。私はこの件で熱海まで相談に出かけることをためらった。当時まだ健康保険の適用外のこの治療法はすさまじく高価な療法であったし、それで百パーセント治るという保証は無かったのである。由美と私とは話し合って、熱海に出かけるのは断念した。ヒーリングパワーで何とか日々を過ごし、もっと一般的な町の病院で治療体制が確立してくるまで待つことにしたのである。

'07年秋に脳脊髄液減少症に関しての医学会が出来たときにもまだ物理的治療のために病院

を訪れるということにはためらいがあった。しかし、ヒーリングのためのバックデータがほしくて、精密検査を受けようと思い立ったことが、レポートを作成した原動力であった。

主治医の紹介状を持って労災病院に行った日は寒い一日であった。労災病院は主治医がいる北九州総合病院から1キロほどの距離にある大病院である。この病院は由美の父親が病気で入院したことがあったらしい。専門医は一人の先生だけだった。その先生に紹介状と私が書いたレポートを手渡した。

「とりあえず、検査をしてみましょう。検査はしますが、頭部についての治療法は無いかも知れません。それでもよろしいでしょうか」と先生は言った。

「やっぱりそうか」と心の中で思った。由美はとりあえず「ハイ」とだけ答えた。

レポートを読み終わった先生は由美と私に話しかけてきた。

「普段の食事は誰が作っているんですか」と。主治医と同じ質問だったので、にやっと笑って私は答えた。

「私が三度三度作っています。専業主夫です。夫《ふ》は夫の意味ですが」と。

北九州総合病院の由美の主治医も労災病院の専門医も私のことを知らないらしくて安心して「専業主夫です」ということで通した。私がノストラダムスの研究家で、たくさんの本を出している人物と知られた場合は医師たちはどんな質問をして来るのだろう。「ベスビオの件はどうなった？」と質問されたら何と答えたらいいかと考えてしまうところではある。さらに「ヒーリングパワーって何のことか？」と発言されたらどう返答したら良いのだろう。

事務局で検査入院の日取りと諸注意事項のぶ厚い書類をもらって、この日は終わった。入院は一週間必要とのことで、その日は2月のまん中の週と決まった。検査入院の費用は何と15～16万円と言う。

帰宅して病院から手わたされた書類を読んでびっくりした。脊髄に放射性物質を入れ、その流れを見てどこで髄液が漏れているかを測定するという。それが一週間も必要であると。

正月早々から読み始めたバーバラ・アン・ブレナン著『光の手　上下』は快調に読み進み、この日ちょうど脊髄の放射性物質に関しての記述がある頁に達していた。「私はある患者の脊髄の中に、数年消えずに残っている放射性物質を見た」と書かれていた。博士が透視能力を得た以後の話である。つまり、脊髄の中に注射された放射性物質はその患者の健康に害を与えない程度の微量であっても、それは数年たってもまだ患者の脊髄の中にとどまっており、消えないという話なのである。私は由美にこの頁のことを言わないでおくことにした。余計な恐怖心を起こさせないようにするためである。しかし、病院の書類を全部読み終わった由

美は、

「検査入院は止めることにするわ。キャンセルの電話をしなくては」と言って電話機に向かった。

「ちょっと待て」と言って私は由美の電話を止めさせた。朝令暮改では病院側に失礼であるし、予約してきた検査入院の日はまだ一ヶ月も先だった。

「4～5日たってから、キャンセルの電話は私がする」と言ってこの日は終わった。由美の判断が正しかったことは一ヶ月後にわかってくることになった。2月18日、東京でバーバラ・アン・ブレナン博士の講演会があるという情報を北海道の通訳さんがFAXで教えてくれて、翌19日、講演会の聴講を電話で申し込んだのである。検査入院に必要な資金は東京へ行く旅行代金に化けた。もし検査入院をしていればこの日、由美は病院のベッドで苦しんでいたことになる。しかし、そうはならず、きっと楽しい旅行になるであろう一ヶ月先のスケジュール作りになっていった。

バーバラ博士の講演会申込みをした日は博士の『光の手　上下』と『癒しの光　上下』の全四冊を一通り読み終わっていた日であったことは先にも書いた。そしてこの日から二回目の通読にとりかかっていた。その二回目の読了は講演会の日、3月19日の前日と予定していた。実際にはもう少し早く読み終わったが、3月19日はこの本の冒頭のシーンになったのである。

今考えて見ると、頭部の精密検査のために入院するかしないかという決断が、重大な運命の岐路であったことが分かる。

四ノ三　男子チューボーに入るべし

この章の第一節に示した由美の容体に関するレポートの内容については、私がまだ埼玉県の狭山市に住んでいた頃すでにつかんでいた事項であった。'05年の2月6日に由美の母親がガンで亡くなってしまったのと私の緊急入院などが重なって、この年は由美へのヒーリングが不十分のままでいた。しかし由美は自分の容体については毎日電話で刻々私に報告し続けていた。その間に私は脳脊髄液減少症についての出来る限りの情報を集め、どのようなヒーリングが有効かを探り続けていた。その意味では'05年は自分自身のヒーリングテクニックの新たな研究段階に入った年と言ってもよいかもしれない。未知の領域に一歩ふみ出したのである。

主治医が由美の容体について脳脊髄液減少症という認識を持っていなかった以上、彼女の両親も、親戚の人々も、友人たちも理解できなかったのはいたし方ないことであった。西洋医学が頼りにならないと知った私は狭山市に居て、私が知りうる限りの九州に居るヒーラー、気功の指導者、有名な医師たちに由美の治療をお願いしてみた。しかし、こうした努力は全て無駄に終わった。誰も、脳脊髄液減少症についての知識をもっていなかったのである。一見して何の故障も見受けられない由美について、おそらく全ての人々が「さぼっている、だらしがない、なまけ者である」といった烙印を押していたであろう。由美は脳の重大な怪我を持ったまま、北九州市の一隅で孤立していた。

生前、由美の母親は、娘が脳脊髄液減少症であるという認識は無かったものの、体の不調を訴える娘をかばい続けて、父親と由美との間で壁になっていた。その壁がなくなったところで、父親は自分の面倒の全てを娘にさせようとしていた。しかし、由美は父親の身の廻りの世話どころか、自分自身の体をコントロールすることさえ出来ない状態であった。

父親は30年以上前から腰痛を訴えていて動き廻るのが困難であった。'04年の12月6日に洋子さんの病室で父親に初めて面会したときも、腰にはゴムバンドを装着しており、患部に手を当てた私は非常にびっくりした。ゴムバンドの上からの手当にもかかわらず、私の手には熱いヒーリングパワーがあふれたのである。間違いなく父親の言っている通りの腰痛であった。父、娘共に重大な事態におちいっていた。二人とも介護が必要で、互いに助け合うことができなかったのである。それでも故人の供養期間中は大きな対立も起きなかったが、新盆《にいぼん》も無事終わり、秋も深まるにつれて小さな出来事が重なり、父親は娘に対して不満を募らせていった。

冬が始まる頃､父親はついに娘を家から放り出してしまった。「出て行け！」と言って。しかたなく、由美は実家のすぐそばにあったワンルームのアパートを借りて一人住まいを始めた。彼女にとってそれは生まれて初めての体験であった。

年が明けて、私は由美に東京でのヒーリングを提案した。しかし体の不自由な父親を置いて上京はできないと言った。自分の体の不自由さを押して、アパートから父親を訪ねては、何かとできることはしていたようだった。

一人暮らしがつらそうであった由美は次第に体力を落とし、行動は不自由さを増していった。父親との関係は悪化の一途を辿っていった。そんなある日、狭山市から由美に遠隔ヒーリングをしている時だった。「由美が自殺を考えている」と私のたましひが感じた。その日の夜の電話で、私は彼女に言った。

「死ぬ気になれば、何でも出来るぜ」と。

由美は自分の心の中を見透かされたことに驚いていたが、

「それはそうね」と笑って言った。

'06年の5月始め、私は自分の方から北九州へ行くことを提案した。父、娘共に介護をしなければ「一家全滅」というイメージが私の頭をかすめた。

5月31日までにそれまで30年間住んだ狭山市の自宅を片づけ、6月1日、家の鍵を前妻に渡し（離婚していた）、役所の手続きを午前中に全て済ませて羽田に向かった。書斎で使っていた様々な研究資料とほんの少しの身の廻りの品々は、前日、宅急便にして北九州のアパートに送っておいた。

6月1日午後の一番機に乗った。これはスターフライヤーという北九州に本社がある会社で、この年発足したばかりだった。機種はヨーロッパのエアバス社による飛行機で外装、内装共、黒とグレーを基調にしたイタリア人のデザイナーによっていた。もちろん新品の飛行機である。狭山市から羽田に行くまでの間、私が北九州に乗り込むことで何か不都合なことがあるならば、何らかのサイン、例えば搭乗時間に間に合わなくなる等の事例が起こるようにと故末廣洋子さんの魂に言い続けた。しかし、朝起きてから羽田に到着するまでの間、物事は全てが順調で、予定した用事は全てがクリアーされ、羽田では時間の余裕さえ生まれていた。「洋子さんからは熱烈歓迎されているナ」と思った。その時、「あまりにもおそれ多い事でございます」と誰かの声がかすかに聞こえたような気がした。その声に、

「人ひとり救えないようで、何がヒーラーと言えますか」とその声に心の中でつぶやいた。

新品のエアバスは順調に私を運んでくれた。1時間と少しの時間で飛行機は新装の北九州空港に到着した。ピカピカの新空港で、関空と同じく海上の飛行場である。海をわたってくる風が私と私を迎えに来てくれた由美を涼しく迎えてくれていた。

飛行場を出て、まっすぐトヨタの販売店に行き、そこで由美は一台の小さな車を買った。

翌日からその車で引っ越し作業が始まった。

由美が最初に住んだワンルームのアパートは狭すぎて、二人を収容することはできなかったので、そこからほど近い下貫《しもぬき》四丁目に3DKのアパートを借りてくれた。従って私の最初の仕事は由美の家財道具を3DKのアパートに運び込むということから始まった。そうしながらも私の書斎を再構築していった。二人が住めるようになったのは10日後のことである。その間、由美が訴えるあらゆる患部に対してヒーリングを続けていった。当初は痛みを和らげることに集中した。

引っ越しが終わりに近づいて、少し時間に余裕ができた頃、私は台所を整備して料理を作り始めた。由美がびっくりして、少しはなれた所から私の行動を見守っていた。

「先生、料理するんですか」と言う。

「うん、男子たる者、厨房に入るべし」と私は答えた。私は小学生のころからママ母さんを手伝って台所に立っていたので、料理は得意だったのである。

小倉に来て、一番驚いたのはその食材の豊富さであった。豊富なだけでなく、常に新鮮でしかも安かった。九州は四方を海に囲まれ、山も多くあるため、野菜の一大供給地だったのである。下関港には世界中の海の幸が集まっており、その下関港は山口県にあるとはいえ、狭い海峡をはさんで九州とは目と鼻の先にあった。

由美のためのメニューは狭山で予め計画しておいた。頭骨のキズを修復するためのカルシウムや微量の金属類を含んだ食材、コンドロイチンを多量に取れるもの、それらを結びつけるのに必要なビタミンを供給してくれる野菜類、それに脳神経を回復さるためのビタミンB6とB12を多量に含んでいる貝類などである。由美にとって必要な食材はすぐ近くのスーパーにいくらでもあった。

出来上がった料理は「おいしい、おいしい」と言って由美は常にたくさん食べてくれた。

やがて、レストランに行くのは止めることになった。その必要がなくなったのである。

四ノ四　自己愛性パーソナリティ障害

由美の脳脊髄液減少症について、父親へは一通りの説明を試みた。彼も私同様テレビの報道は見ており、この症状についてはすでに知っていた。私の説明に対しての彼の反応は、

「で、由美は治るか?」の一言であった。

「ヒーリングしてみなければわかりません。今考えているのは食治療法です」と答えた。具体的に、頭骨のヒビ割れ箇所をすぐに治す方法は見当たらないままに小倉入りしたのであった。

「うん、食事療法は基本だもんナ」と彼は言った。狭山からわざわざヒーリングのために来たことについて、感謝の一言もなかった。それどころか自分の腰痛に対してのヒーリングばかりを要求してきた。ものすごく図々しい男で、娘の容体を気遣っている様子は少しもなかった。父性をまったく感じることができず、何かヘンな男のようで気持ちが悪かった。その気持ちの悪さはずっと後になって原因がわかったのであるが、小倉に来たときにはまだ何

のことかわからなかった。

由美の母親は入院時に「家にはすぐに戻れる」と思っていたので、家の中は片づけていなかった。私が小倉に入ったときは彼女が亡くなってから一年四ヶ月が過ぎようとしていた。家の中は一年四ヶ月前のままだったのである。父親は横の物を縦にもしない性格のようで、由美に片付けるようにと命令するだけだった。娘の体の不自由さは無視し、自分の腰痛の話ばかりを私に訴えていた。

片付けは私がやりましょうと言って、まずは台所から始めた。食品がとっくに消費期限を過ぎて山のようになっていたのである。冷蔵庫の中、キッチンセットの上下の棚の中、床に散乱している様々な品物、床下収納庫の中、食器棚の中、等々。大きなビニール袋はすぐに二つ、三つと満杯になり、そこで手を止めざるを得なかった。ゴミの収集日が決まっているからである。台所を一通りかたづけるだけで数週間を要した。その間に由美の父親が訴える腰痛に対してのヒーリングを続けた。

私自身の体験は『あしたの世界　P４』で書いたように、腰痛と思えて実際には胃潰瘍や十二指腸潰瘍である場合がある。私は由美の父親が訴える腰痛なるものは、内臓に原因があるのではなかろうかと疑った。ヒーリングを始めるにあたり、病院での検査はどうであったかを聞いた。すると、レントゲンによってもＭＲＩによっても骨の異常は発見されなかったと言う。

「やっぱりそうか。原因は内臓だよ」と私は言って、ヒーリングを開始した。案の定、胃の最下部から手当によって異常が発見された。まず胃潰瘍である。患部に手を当てるとものすごい熱さが手に感じられた。由美の父親は気持ちが良さそうにうとうとと眠りについてしまう。

一ヶ所が治っても、また次の箇所が発見され、ヒーリングの箇所は家に行くごとに変わっていった。一ヶ月後、内臓の最下部に異常を発見した。その異常が何だかわからなかったので、由美の父親が普段通っている内科医の医者に行って相談した。すると内科医はそけいヘルニア（脱腸）が疑われると言って彼の友人の医者を紹介してくれた。そこでその医者に予約を入れ、検査してもらうことになった。検査の日に「確かにそけいヘルニア」であることが宣告された。しかしその若い医師は手術を勧めなかった。患者が高齢（77歳）であることがその理由であった。ヒーリングはここで一旦止めることになった。少なくとも私のヒーリング技術では腹膜からはみ出た腸を元に戻すということは不可能であった。

家の整理は台所がとりあえず終わって一階の各部屋に入った。一部屋を整理するのに数週間を要していた。
真夏の暑い日だった。小倉駅の大きな本屋に用事ができて出かけた。私はまだ小倉のことを知らなくて由美に案内を頼んでいた。本はすぐ見つかって、時間ができたので小倉の商店街を案内してもらった。お茶屋さんがあって店の表では日本茶が並べられている。由美が言うには奥は喫茶店になっているらしい。歩き回って喉が渇いたので中に入ることにした。注文した飲み物がくるまでの間、店に置いてあった小冊子をパラパラとめくっていた。それは小倉他、北九州を紹介する月刊のパンフレットで『アバンティ北九州2006年8月号』であった。そこの一頁に外科医が紹介されていた。名を勝本富士夫と言い、医学博士である。本文を読むと、勝本博士はそけいヘルニアの手術の名人と紹介されていた。直感で私はこの先生に頼めば由美の父親の患部は治せると思った。この小冊子を二冊いただいて、急ぎ帰宅した。

小冊子の一冊を持って由美の父親の家に行き手術を勧めた。しかし彼は頑として首をたてに振らなかった。最初に検査を受けた地元の医師が治らないことを宣告したというのが手術を断る理由になっていた。

家の片付けは一階部分だけでほぼ一年を費やした。由美の母親が一生涯かけて溜め込んだ様々な品物が、所狭しと家中を占拠していたのである。本人やその家族にとっては全て大事なものではあっても、アカの他人の私から見れば単なるガラクタにしか見えない。由美が手伝いに来られないのをよいことに、私は片っ端から捨てにかかった。とは言え、私の行動の一部始終は父親がずっと見続けていた。私の顔をみる度に、腰のヒーリングを要求したが、ヘルニアの手術を受けないならばヒーリングしても無駄だと言って私は彼の要求をつっぱねた。

一階が全て片づいて、由美の父親の寝室を二階から一階へと移すことができた。足が悪いのでいつ階段を踏みはずすかと心配であった。しかし、そう言った事故が起きる前に寝室を一階にできて、なんとか一安心できた。

一階が全部片づくと、その家の広さが実感できた。年寄りが一人で住むにはあまりにも広い。次は二階に手をかけようとしたときである。「もうこのくらいでいい」と彼は言った。二階は使わないからというのがその理由であった。一年近くかかった整理の仕事について、感謝の「か」の字もなかった。この男、何かがヘンだなと心の中で思った。

ヘルニアが発覚してからほぼ一年後、由美の父親の下腹部が異様にふくらみ始めた。それでも手術を嫌う彼に対して、とりあえず勝本医師のところへ行って診断だけでも受けてくれと頼んだ。シブシブながらやっとこれに同意したのは'07年の7月末であった。

由美の父親を車に乗せて、いよいよ勝本先生に面会という日が来た。病院は小倉北区の足立という所だった。足立山の麓下である。

勝本先生と目が合うと、先生は言った。

「医者の紹介状は持ってないのですか」と。

「ハイ、ありません。それが無いといけないのでしょうか」と私は返事をした。

「まあネー、じゃー、どうして僕のところに来たの」と先生は言う。

「アバンティの昨年の8月号に勝本先生の記事があって、それでここへ来ました」と私は答えた。

「そういうことですか。でもあんな小さな記事で、どうしてここへ来れば治ると、あなたは判断したのですか」と先生は不思議そうに私を見る。

「直感なんですが、先生はすばらしい医師で、この道では日本で数本の指に入る名医と思ったんです」と私は正直に言った。先生は黙ってしまった。

「まあ、いいや。じゃー、とにかく看よう」と言って由美の父親に顔を向けた。患部を看た先生は私にふり向いて言った。

「手術は急いだほうが良いと思うよ」と。御自身のスケジュール表を見て、8月26日の午後が開いているという。それでその手術日に同意した。由美の父親に手術は一時間くらいで済むこと、痛みは無いということ、最近の手術例では97歳が最高齢の患者であったこと、すでに千人ほどに施術して百%成功していることなどを告げて、この日は病院を出た。

8月26日、手術は一時間ほどで済むと聞いていたが二時間経過しても先生は手術室から出られないでいた。やがて手術室から出てきた勝本先生の顔はこわばっていた。

「小腸は腸壁からはみ出て、盲腸とからみ合っていて、引きはがすのにものすごく時間がかかってしまったんだ。でも大丈夫、手術は成功した」と先生は私に言ってノートに何か書き始めた。先生はそれ以上何も言わなかったが、あと一週間手術が送れていたら、内臓はくさり始め、この患者は激痛の中で死を迎えていたに違いないと私は心の中で思った。

「それにしても池田さん、あなたはよくこの患者を僕のところに、タイミング良く、運んできてくれたねー」と先生は言った。

この人は一人住まいなので、明日の朝までこの病院に入院させてくださいとお願いして、この日は一人で家に戻った。

あくる日、迎えに行くと、まるで何もなかったようにケロッとした由美の父親が私の車を待っていた。これで内臓の悪いところは全部治った。ところが、その後も腰痛を訴え続けたのである。私はどこをどうヒーリングして良いのかわからないままにこの年も12月を迎えた。'07年12月の始め、新聞を読んでいた由美が突然叫んだ。「これだ！」と。何が起こっているのかと、私はしゃがみこんでいた彼女に近づいた。すると由美は「これよ！」と言う。指差す新聞の頁に出版の広告があった。見るとそれは講談社の広告で『自己愛性パーソナリティ障害のことがよくわかる本』となっており、著者は東京国際大学大学院教授の狩野力八郎先生だった。他人に全く無関心。愛しているのは自分だけ。共感性のなさゆえに周囲の人を悩ませ続ける……と。

四ノ五　イナバウアー

狩野力八郎教授によれば「自己愛性パーソナリティ障害」とは次の9項目のうち5つ以上がみられる場合に障害者と診断できるとしている。

① 自己の重要性に関する誇大な感覚。例えば、業績や才能を誇張する。十分な業績がな

いにもかかわらず、優れていると認められることを期待する。
② 限りない成功、権力、才気、美しさ、あるいは理想的な愛の空想にとらわれている。
③ 自分が「特別」であり、独特であり、他の特別な、または地位の高い人達に（または団体で）しか理解されない、または関係があるべきだ、と信じている。
④ 過剰な賞讃を求める。
⑤ 特権意識、つまり特別有利な取り計らい、または自分の期待に自動的に従うことを理由なく期待する。
⑥ 対人関係で相手を不当に利用する、つまり、自分自身の目的を達成するために他人を利用する。
⑦ 共感の欠如。他人の気持ちおよび欲求を認識しようとしない、またはそれに気づこうとしない。
⑧ しばしば他人に嫉妬する。または他人が自分に嫉妬していると思いこむ。
⑨ 尊大で傲慢な行動、または態度。

以上は狩野著の講談社刊、20頁から21頁にかけて書かれている。

「宇宙学」の洗心の話を理解されている人は、右に書かれた9項目が何のことかよく分かるのだが、自己愛性パーソナリティ障害の人は洗心のことも何だかよく理解できないのだ。なぜならば、自分が精神障害をかかえているとは夢、思っていないからである。非常に厄介な人たちであるといえる。良い治療法はあるのだろうか。

狩野教授の同著78頁によると「サイコセラピスト」による精神療法が一つあるという。ところがサイコセラピストですと言って看板を掲げている人などどこにも居ないのである。サイコセラピストとは「ヒーラー」のことである。しかし「私はヒーラーです」という看板も見かけない。仮に居たとしても「パーソナリティ障害」をどのようにして治すことができるかを知っているヒーラーは非常に少ないのではなかろうかと私は想像する。しかもこの障害者は全国に厖大な数で存在しているはずである。

シルバー・バーチによれば「そもそも健康とは、肉体と精神と霊の三者の関係が健全であるということです。この三つの必要要素が調和のとれた状態にあることです。そのうちの一つでも正常に働かなくなると連係がうまくいかなくなり、そこに病が生じます」と言う。

宇宙学（ザ・コスモロジー）によれば「洗心すれば病気にならない」と。

パーソナリティ障害とは精神に異常を来たす症状であるが、早い話エゴイストのことだ。あるいは自己虫とも言う。自己虫に対して虫退治の良薬などありはしない。精神はエネルギーだとずっと書き続けている。その精神エネルギー（生命エネルギーでもある）がその人の肉体を傷つけているのである。パーソナリティ障害者は放っておけば次から次へと肉体の病気を持つに至り、結局は薬漬けの毎日を送ることになるのである。肉体の病気の根本原因に気付かず、その精神構造を変えようとしないのでいつまでたっても病気のままだ。

再びシルバー・バーチの言葉を借りよう。

「魂に霊的悟りをもたせることこそ心霊治療の真髄であって、身体的障害を取り除いてあげても、その患者が霊的に何の感動を覚えなかったら、その治療は失敗したことになる」

このような失敗を私は数々体験してきた。ヒーリングパワーによって「魂に霊的悟りをもたせる」にはどうしたらよいか、その技術を私は持っていなかった。一つの方法として、ザ・コスモロジーの「洗心」の教えを使ってきた。しかし、パーソナリティ障害者にとって洗心の教えは「そんなバカな」話しでしかない。洗心で自分の肉体が治るはずがないと頭から否定してかかるのである。「洗心の話は科学的でない」と言う。

パーソナリティ障害者はそもそも唯物論者的存在で、精神構造の異常が自分の肉体を蝕んでいるとは絶対に考えない。だから、病気になっているという自覚が生まれると直ちに病院へ駆け込み、薬を要求する。その薬で一ヶ所が治っても、別のところがまた発病し……。というようになって家には薬の袋が山のように貯まっていく。悪循環の中に居る。

「病気は気づきのためにある」とはザ・コスモロジーが教えるところである。従って、本人が何ごとかに気付くまでほっとくべきであるというのがかつての私の態度であった。そのため人は私を「ほっとけの池田」と呼んだ。しかし、ほっとけない事態が自分の身の廻りに次々と起こり始めた。振りかかる火の粉は払わねばならない。どげんかせにゃならぬ。身内や親しい友人の病気や故障に対してヒーリングパワーが有効と思えたら、実行せざるを得なかったのである。

行き詰まっていた私の前に助け舟が現われた。アメリカのフロリダからその人は日本に来てくれた。

「あなたは手翳しだけで第五層までのヒーリングを完璧に成し遂げているわ。不思議ね。でも第六層と七層のヒーリングをやってないし、チャクラの修理をやってないじゃない。だから私が仕上げてあげたの。そのあなたの隣りに座っている彼女のことよ」とバーバラ・アン・ブレナン博士は私に壇上から語りかけてきたのである。

チャクラを開く方法は『光の手　下巻』の118頁から130頁にイラスト付きで詳細に

書かれている。また、第六層と七層のオーラヒーリングに関しては第22章で彼女がキレートと呼んでいる手法の中で書かれている。

'08年5月3日、私は由美の父親の家に出かけた。ブレナン博士の今年2回目の講演会があと6日に迫っていた。予め、あき缶やあきビンの片づけのために行くと電話しておいた。その仕事はアッという間に終わり、私は何げなく由美の父親に語りかけた。

「腰の具合はどうか?」と。

「あい変わらずだな」と言う。

「久しぶりにヒーリングしてみましょうか」と私は提案した。

「うん」という返事。あい変わらず言葉が少ない。タタミの上に座ぶとんを三枚並べて即席のヒーリング場とし、その上に背を天井に向けて寝てもらった。背骨と骨盤との接点に手を当てた。すぐに手が熱くなってその部分の骨が異常であることを示していた。

「この部分が脱臼しているので、自分の骨に命令してください。元の正しい位置に戻るように。骨はカルシウムという無機物の固まりではなく、カルシウムをいっぱい持っている細胞なんだよなー。細胞だからこそ意識が入るんだよ」と私は患部に手を当てたまま静かに言った。

「うん、わかっている」と返事が返ってきた。15分ほど同じ姿勢のままヒーリングパワーを送り続けると、私の手の平の下で背骨がグニョグニョという感じで動いた。

「治ったよー」と声をかけた。

「安定するまでもうしばらくそのままで居てください」と私は言った。次に腹を天井に向けさせた。チャクラのチェックである。チャクラがある部位から20センチほど上空からゆっくり手を下ろしていくと、手の平に何か感じる。右まわり、つまり時計廻りにゆっくりと手翳しをすると、チャクラにヒーリングパワーが注ぎ込まれていく。第二、第三チャクラを無事終わって、第四チャクラに手翳しをしたときだった。そのチャクラがまったく反応しない。由美の父親は第四チャクラを閉じていたのである。私は座ぶとんを2枚とり出して合わせ、さらに二つに折った。それを胸のチャクラの真下、背中側に差し込んだ。由美の父親は寝たかっこうでイナバウアーの形になった。そこで胸のチャクラの上空に手を翳した。今度はヒーリングパワーがきれいに吸い込まれていった。第四チャクラ、すなわち胸のチャクラが開いた。

ゆっくりと体を起こさせて、部屋の隅から隅へゆっくりと歩かせた。いつもと違ってニコニコしながら、左右の足を均等に踏み出している。ヒーリング完了。

アパートに帰って由美に言った。

「オヤジなー、ハートのチャクラが閉じてたんだー」と。

「エエッー、道理でー」と由美が言う。

「治しといたよ」と私。

「どうやってー」と由美が言った。

「イナバウアーだよ」と私は言って『光の手　下巻』の123頁のイラストを指差した。

「ただし、座ぶとん2枚だ」と言った。

四ノ六　チャクラヒーリング

昨年の秋のことである。『わが深宇宙探訪記』の再編集を頼まれてこの本を読みなおし、再チェックをしていた。そのとき第六章に次の文章があって非常に気になった。

宇宙服を身に着けてから、自分が大きく変化しているのに気が付いた。おどろくほど強く、活力に満ち、陽気で幸せな気持ちになり、頭も冴え始めたのだ。何て見事な変わりようだ！

これは一つには、著しいエネルギーが太陽神経叢《そう》から湧き上がって、それが体全体に広がっているからだろう。このエネルギーは、腰と胸の間に巻いているベルト、特にバックルから出ているに違いない。（後略）

この文章は『オスカー・マゴッチの宇宙船操縦記』パート1の110頁に出ている。ここにある「太陽神経叢」とはみぞおちにある第三チャクラのことなので復刻版ではカッコ書きを入れることにした。〝気になった事〟というのはマゴッチが装着した宇宙服のことで、バックルから何かエネルギーが出ていてそれが第三チャクラに入っているという。そのため腹がすかないというのである。私はここでチャクラの機能について勉強しておこうと思った。その話を由美にすると、自分の部屋からたくさんの本を持ってきて、私の前にドサッと置いた。「ここには無いんだけど『光の手』という本があってそれは図書館から借りて読んだ」と言う。私はその本を買うことにして本屋へと足を運んだ。

私の前にドサッと置かれた本は総てチャクラについて書かれたもので、その量の多さにびっくりしたが、それを由美が全部読んでいたことになおびっくりした。暮れの内に一通りザッと目を通しておいた。大晦日（おおみそか）には一日かけておせち料理を作り、翌'08年正月、問題の『光の手』『癒しの光』を読み始めたのであった。夜を日に継いで読んだと言っても過言ではない。

バーバラ・アン・ブレナン博士は各チャクラについて整然とその機能を書いてくれていた。その修理の仕方さえも。そして私のヒーリングテクニックに各ページが次々に加えられていったのである。それまでの私のヒーリングについて、何が足りていなかったのかがよく分かった。

5月9日、今年二回目のブレナン博士の講演会を聴講した。今度は黒の衣装であった。ブレナン博士は壇上から由美を見つけると、さっと降りてきて由美を抱きしめた。

「あなたのことをよく覚えているわよ」と言って。私を見つけて首をたてに降った。それは、

「また会えてよかった」という意味にとれた。私は直立不動で深々と一礼した。そして心の中で、

「由美の頭部の怪我を治してくださり、ありがとうございます」と念じた。私の脱臼を治してくれたことにも感謝の念を送った。

翌日は東京で一日休養をとり、11日に一旦帰宅した。一旦というのは17日と18日にBBSHJの校長カヘア・モーガンによるワークショップがあり、それに備えるという意味である。

17日は朝9時からスタートになるので、16日夕方に再び上京する予定を立てていた。

カヘア・モーガン校長によるワークショップは大部分がエクササイズであった。由美は早朝から夜までの長い二日間によく耐えて、ヒーリングの実技をこなすことができた。二日目の昼休みにカヘア・モーガンが私の座っている席にゆっくり近づいてきた。そして私に声をかけてくれた。

「由美のチャクラはとってもきれいね。私、こんな美しいチャクラは見たことないわ。特にハートのチャクラが美しいわ」と英語で話しかけてきた。

「ありがとうございます。由美は私の妻です」と英語で答えた。

「ところであなたは本を持ってきてますね」と言う。

「はい持っています」と言って私は『あしたの世界　P3』を紙袋の中から取りだしてカヘア・モーガンにプレゼントした。校長は私の本を両手で持った。ヘンな持ち方だなと思った。左手で全体を支え、右手は本の表紙に上から翳しているのである。しかも目を閉じている。

「とってもスピリチュアルな本ね」と言う。

「私、日本語を話せませんし、読むこともできないのですが、この本、チャネリングの内容ね。あなたのチャネリングですか」と質問してきた。

「いいえ、私のチャネリングではありません」と答えた。その時、ＢＢＳＨＪの生徒さんが通訳に入ってくれた。

「カヘアが言うには、この本熱いわねー」って通訳氏が言う。

「ハイ、読者はみんなそう言ってくれます」とここからは日本語で話した。その後の話は省略しよう。そこに由美が戻ってきた。カヘア校長は今度は由美に向かって話しかけた。

「あなたのハートのチャクラはとっても美しいわ」と言って。

二日間の実技を経て、私はチャクラが見えるようになった。それにしても、バーバラ博士が日本校の校長に選んだ人だけあって、カヘア・モーガンもすごい超能力の持ち主であった。

持ち帰ったＢＢＳＨＪの資料によると彼女はハワイの出身であった。

１９７１年　ハワイ大学で教育学学士取得。

１９８０年　ハワイ大学で教育学修士取得。

１９７９年　アメリカ沿岸警備隊予備軍　将校＆上官　リーダーシップ・プログラム修了。

１９８５年　ヒューストン大学ＭＢＡ（経営学修士）取得。

ＢＢＳＨとの関係は以下のようである。

１９９１年　ＢＢＳＨ卒
１９９２年　ＢＢＳＨ教職課程卒
１９９２年〜１９９５年　及び２００５年〜２００７年　ＢＢＳＨ副学長
２００７年〜ＢＢＳＨＪ学長

かつて関英男博士がハワイ大学で客員教授を勤めていたことがあった。カヘア・モーガン学長と関英男との接点があったかなかったか大変興味のあるところではある。
以下の文章は『オスカー・マゴッチの宇宙船操縦記　Ｐａｒｔ１』の第９章抜粋である。この中でアーガスは地球生まれの人間ながら宇宙連盟に属し、地球人に対する啓蒙活動を行なっている人物でもある。オーラとチャクラについてマゴッチを教育している場面である。

アーガスは言う。大気汚染や水質汚濁は地球でよく知られている要因だが、「精神の汚染」が真剣に考慮されることはめったにない。だが、精神環境は人生のあらゆる面の形成に、非常に大事なことだ。各個人の性格や動機から、全世界的な規模のイデオロギーやそれがもたらす結果までが影響を受けるのだ。アーガスは、スクリーン上のくすんだ色の高密度の雲を指さして、これは私の次元の近隣の天体系から、「窓の領域」を通って漂ってくる「精神の死の灰」を表わしている、と説明する。この死の灰はこの天体系の数多くの重要な機能にとって毒であり、時折、もっと影響の大きい場所で、とんでもない混乱状態を引き起こすことがあるのだ。

講義を一時中断して、コーヒー・ブレイクとなった。この機会をとらえて、私は不思議に思っていることを訊いてみた。つまり、他人に配慮をしない人間の行動が、何年もの間にかくも大きな不幸と苦悩をもたらしてきた。だがその一方で、自然も同じような残酷なやり方で適者のみを生存させてきたのは何故だろうか、と。それは状況次第だ、とアーガスは言う。低いレベルでは、適者生存の原則は確かに妥当なものだ。しかし、生物がいったん十分に進化すると、「チームワークと協力がなければ、文明のさらなる発展はない」。

そうなると、その前の段階での適者生存という考え方は全くの障害物となり、非常に危険ですらある。集団全体の最適な福祉というのは、各人がお互いのことを本当に考えるべきであることと、一人にとっての善はすべてにとっての善に従属すべきであるということを、皆が認識した場合にのみ達成できる。

アーガスは、数枚のスライドを素早く連続して映し出した。人物のシルエットの写真と、その人の周囲に「オーラ」を形成している精神の放射物の色だ。オーラの色の内側の部分は、その人の基本的「振動」、つまり、健康要因、道徳面の価値観や方向性、心的態度と動機などの特徴を示していて、オーラの外側の部分は、むしろ、表面的な感情や状態、関心事などを示している。

つまるところ、オーラは個人の極めて内的な特質を示していて、その人がある状況でどういう態度をとるかが大体予測できる。オーラを一目見ただけで、その人の道徳的資質、内的なバランス、個性の強さ、価値観、完成度などが簡単に分かるのだ。

アーガスの話では、地球の人間の中には部分的にオーラが見える人もいて、その力をもっと発達させた人間もいると言う。だが、ここの次元の人達の場合は、そのような能力は自然に備わっていて、ちょっと「チャンネルを合わせ」て見ようと思えば、それでオーラが見え、大体のことは目星がついてしまうという。アーガスは今度は、平均的な地球の人間と平均的なここの次元の人間を二人並べたスライドを映し出した。後者のオーラのパターンは、精神的・心霊的資質に関して、全般的に、より健康で、強く、はっきりとしている。このスライドについてアーガスは、人体の七つの「パワーセンター」（チャクラ）を指摘し、こうしたセンターが十分に機能しているならば、そこからそれぞれ独自の強力な振動が出ている、と説明した。地球の人間の場合、このパワーセンターは、機能が極めて弱いか、あるいは全然機能していないか、のどちらかだと言う。こうしたセンターのパワーの強度によって、人間の全体的存在のレベルが低くなったり高くなったりする。

人々の分析と診断が終わったので、個人が良いほうに変化するにはどうしたらいいか、とアーガスに尋いてみた。それには三つの方法がある、と言う。第一は、分別のある前向きな生き方をすること、第二に、自覚意識のレベルを高めること、第三に、振動率を変えること、だと言う。どれから始めても、変化は残りの二つにも累積的な影響を及ぼす。結局はこの三つは、同じ目標につながっている異なる入り口に過ぎないからだ。振動というのは人間の肉体生命の機能にどういう関係があるのか、と尋くと、アーガスはこう説明する。全てのものはそれ独自の特定の周波数で振動しており、それには人間も含まれる。

惑星地球は今、もうすぐで根本的な宇宙サイクルの変化を経験するところに来ています

……と。

あとがき

医学は大別すると西洋医学と東洋医学、もう一つはそれ以外の第三の療法がある。西洋医学は科学の発達と共に今日の全盛を迎えている。その西洋医学に限界有りと警鐘を鳴らしている人たちが大勢いる。そのうちの一人に医学博士の土橋重隆医師がいて、彼は西洋医学のチャンピオンのような人であるが、ソフトバンク新書から『病気になる人、ならない人』という本を上梓している。西洋医学のみを頼りにしている人にとっては「目からうろこ」の本である。

東洋医学は主に漢方医術から発達してきたと思うが、日本中に隅々まで根を張っており、信頼も厚い。西洋医学も東洋医学も良い点、悪い点があると思う。

宇宙船には「スペース・クリニック」と呼ばれる医療の専門船があるが、その中では「光」のみによってあらゆる治療が行なわれている。それこそ「死んだ人を生き返らせることができる」ような高度な技術であるが、そこまでいかなくとも、宇宙の仲間たちは人間のオーラやチャクラを修理する方法で病気を治したり、あるいは病気にならないようにしていることはオスカー・マゴッチの本に書かれている通りである。

その手法を学ぶ機会は私の今生ではないだろうと諦めていた。またヒーリングについては私の仕事ではないと決めつけていた。ところがそんな私の目の前にバーバラ・アン・ブレナン博士が現れ、宇宙の優れた治療法を見せてくれた。この地球上においても宇宙レベルの療法がすでに有って、ヒーラーとして活躍している人々がたくさんいることを知った。西洋医学と東洋医学との良い面を踏襲しながらも、それらを越えていて、これは第三の療法と思える。これからの医療を考えておられる社会の上層部の方々には是非見ておいていただきたいと思って大急ぎで本著を書いた。

6月4日の深夜、アパートの部屋に小さな光が波打ちながらゆっくりと近づいて来るのを不思議な気持ちでぼーっとしながら見ていた。テラス戸を開けて一歩外へ身を乗り出して唖然とした。蛍の群がイルミネーションのようにアパートの敷地いっぱいに光り輝きながら飛んでいたのである。敷地と隣家の境界をなしている小さな用水があることはここへ引っ越してきたときから知ってはいた。しかし、そこに蛍が住んでいたことを、この日初めて知った。

小倉へ来て丸2年が過ぎ、3年目の夏を迎えたところであった。起きてきた由美も何事かとテラス戸の内側から庭を見て、「アッ」と息を呑んだ。

「貫川へ行ってみないか」と私は言った。夜遅くに外へ出るのは小倉へ来てから初めてだった。貫川は下貫3丁目と4丁目を分けている川で水源は貫山にある。下貫3丁目には由美の父親が一人住まいをしている。

橋の上から貫川を見た。ゆっくりと点滅しながら波打つように蛍がいっぱい集まっていた。幻想的な風景がそこに広がっていた。小倉はほたるの里だったのだと三年目にしてやっと知った。

由美と二人、誰もいない真っ暗な深夜に飛び交う蛍をじっと見つづけた。空に星がいっぱい輝いていた。由美と父親、その二人のヒーリングが終わりを迎えつつある素晴らしい夜であった。

'08年6月7日記　池田邦吉

参考文献

『光の手　上下』『癒しの光　上下』バーバラ・アン・ブレナン著（河出書房新社）
『自己愛性パーソナリティ障害のことがよくわかる本』狩野力八郎著（講談社）
『セスは語る』ジェーン・ロバーツ著（ナチュラル・スピリット社）
『死後の世界を知ると、人生は深く癒される』マイケル・ニュートン著（ボイス社）
『古神道秘訣（上）（下）』荒深道斉著（八幡書店）
『生きて死ぬ智慧』柳沢桂子著（小学館）

◎ 著者紹介 ◎

池田邦吉（いけだ　くによし）

1947 年 2 月 6 日、東京都生まれ。

'69 年、東京工業大学建築学科卒業。

主要著書

「神さまがいるぞ！」

「続 神さまがいるぞ！」

「神さまといっしょ」

「神々の癒やし」

「光のシャワー」

「あしたの世界１、２、３、４」

(以上、明窓出版)

改訂版《かいていばん》
光《ひかり》のシャワー　ヒーリングの扉《とびら》を開《ひら》く
バーバラ・アン・ブレナン博士《はかせ》に出会《であ》って

池田《いけだ》邦吉《くによし》

明窓出版

令和元年七月二十日初版発行
発行者 —— 麻生真澄
発行所 —— 明窓出版株式会社
〒一六四—〇〇一二
東京都中野区本町六—二七—一三
電話　（〇三）三三八〇—八三〇三
ＦＡＸ（〇三）三三八〇—六四二四
振替　〇〇一六〇—一—一九二七六六
印刷所 —— 中央精版印刷株式会社
落丁・乱丁はお取り替えいたします。
定価はカバーに表示してあります。

ISBN978-4-89634-402-8
ホームページ http://meisou.com

あしたの世界　池田邦吉　船井幸雄　共著

池田さんが「ノストラダムスの預言詩」についての私とのやりとりを、まとめてくれました。私の思考法が、よく分かると思います。ともかくこの本をお読みになって頂きたいのです。（船井幸雄）　1300円

あしたの世界２　～関英男博士と洗心　池田邦吉　船井幸雄監修

池田さんは「洗心」を完全に実行している人です。本書は池田さんが、世の中の仕組みや人間のあり方に集中して勉強し、確信を持ったことを「ありのまま」に記した著書といえます。参考になり、教えられることに満ちております。（船井幸雄）　1300円

あしたの世界３　～「洗心」アセンションに備えて　池田邦吉

私が非常に影響を受けた関英男先生のことと、関先生に紹介され、時々は拙著内で記した宇宙学（コスモロジー）のポイントが、あますところなく記されています。すなおに読むと、非常に教えられることの多い本です。（船井幸雄）　1300円

あしたの世界４　～意識エネルギー編　池田邦吉

洗心の教えというのは思想ではない。光の存在である創造主が人間いかに生きるべきかを教えているのである。その教えに「洗心すると病気にならない」という話がある。なぜ洗心と病気が関係するのか、私は長い間考えつづけていた。　1300円

神様がいるぞ！　池田邦吉

「私、ににぎの命になんか嫁にいってないわよ。岩長姫なんてのもいないわ。人間の作り話！」（木花咲姫談）日本の神々は実はとても身近な存在なのです。　1429円

続 神様がいるぞ！　池田邦吉

日本の神々を語り尽くした「神様がいるぞ！」の続編。神様との愉快な会話や神話雑学満載。神社に祀られる神々同士の関係性も明らかに。　1500円

神様といっしょ　池田邦吉

ハンドヒーリングとノストラダムスとの意外な接点とは!? 数々のエピソードに秘められたヒーリングと神々の世界の実相を感じてください。　1500円

神々の癒やし　池田邦吉

ヒーリングとは元の健康体に戻すこと。神への感謝の想いが無限のエネルギーを呼びこみ、稀代のヒーラーと神霊界の協働が数々の奇跡を起こす。　1500円